श्री चरणों की वापसी

नाटक बुजुर्गों के प्रति संवेदनाओं को जागरूक
करता नाटक

डॉ. शोभा अग्रवाल 'चिलबिल'

समर्पण

संसार की

समस्त मातृ-पितृ शक्ति को

जिनकी स्नेहिल किरणों से

संसार परिपूरित है ।

'चिलबिल'

*

*

*

*

*

*

*

*

*

*

*

*

© डॉ. शोभा अग्रवाल 'चिलबिल'

ISBN:

पुस्तक: श्री चरणों की वापसी

प्रथम संस्करण जुलाई 2022

मूल्य : 200 रुपये

प्रकाशक/वितरक-

एक्सप्रेस पब्लिशिंग,

नम्बर-8, 3-क्रास स्ट्रीट,

तमिलनाडु-600004(मद्रास)

publish@notionpress.com

Phone :- +91 44 46315631

क्रम-सूची

प्रस्तावना   vii

भूमिका   ix

1. पात्र–परिचय एवं वेशभूषा   1

2. (पर्दा खुलता है)   4

प्रस्तावना

इस नाटक के सभी पात्र व घटनाएँ समाज की वास्तविकता पर आधारित होते हुए भी काल्पनिक हैं। यदि किसी पात्र या घटना का किसी से साम्य होता है तो इसे संयोग ही समझना चाहिए। इसके लिए लेखक या प्रकाशक उत्तरदायी नहीं होंगे ।

भूमिका

आत्मनिवेदन

इस नाटक को लिखने के पूर्व मेरा मन अनेक अन्तर्द्वन्द्वों में झूल रहा था । हमारी चेतना क्या है ? हम किस दिशा की ओर दौड़ रहे हैं?

जिनके बच्चे नहीं हैं, उनके लिए तो वृद्धाश्रम एक आश्रयस्थल की तरह है । अकेले रहने की बजाए वह सामूहिकता में रह सकें, यही उद्देश्य है ।

जिनके बच्चे हैं, उनके माता–पिता वृद्धाश्रम में रहें, यह कितना संवेदनायुक्त है? विचारणीय है कि बच्चे इतने संवेदनाशून्य कैसे हो जाते हैं कि अपने माता–पिता को उस अवस्था में वृद्धाश्रम में भेज देते हैं । वृद्धावस्था एक ऐसी अवस्था है, जब मनुष्य को सबसे अधिक अपनत्व व सहारे की आवश्यकता होती है ।

वृद्धाश्रम में वृद्धों को चाहे जितनी सुविधाएँ मिल जाएँ किन्तु अपने घर की व अपनत्व की टीस उनके मन में सदा ही उठती रहती है ।

बुजुर्ग हो गए लोगों को महत्त्वहीन समझना हमारी भूल है । वह कुछ न भी करें तो उनके अन्तर से निकला हुआ आशीर्वाद ही हमारे लिए काफी है । कई बार बुजुर्ग लोगों की भी बच्चों से बहुत अधिक अपेक्षाएँ होती हैं। सामंजस्य दोनों तरफ से आवश्यक है ।

जिस देश की परम्परा रही है कि यहाँ पर मृतकों तक को तर्पण दिया जाता है, श्राद्ध किया जाता है। उस देश में जीवित अवस्था में माता–पिता को वृद्धाश्रम में भेज देना उचित नहीं है ।

मातृचेतना तो हर प्राणी में जन्म के साथ ही सहज स्वाभाविक होती है । इस संसार में उसे लाने वाले उसके माता–पिता ही तो होते हैं । शिशु का प्रथम परिचय अपनी माता से ही होता है ।

प्रश्न है कि बड़े होते–होते कहाँ चली जाती है यह सहज स्वाभाविक चेतना । जो बच्चा माँ का पल्लू पकड़ कर पीछे–पीछे घूमता था, वह इतना संवेदनशून्य कैसे हो जाता है कि उन्हें बृद्धाश्रम का रास्ता दिखा देता है ।

इस नाटक को लिखने का उद्देश्य ही यह है कि लोगों की सहज संवेदनाएँ उनके मन में स्थिर रहें। सर्वत्र मातृ देवो भव, पितृ देवो भव की ध्वनि गुंजायमान हो।

यत्र-तत्र हो गई त्रुटियाँ क्षम्य समझी जाएँ, समालोचना व सुझावों का स्वागत है ।

लेखिका
डॉ.शोभा अग्रवाल 'चिलबिल'
ई–4527, राजाजीपुरम,
लखनऊ–226017
मो॰–8882161295, 9335924979
ई मेल–chilbil.shubh@gmail.com

1

पात्र-परिचय एवं वेशभूषा

स्त्री–पात्र

भारती जी–लगभग 60 वर्षीया महिला (प्रमुख पात्र)

(कभी साड़ी पहनती हैं, कभी गाउन पहनती हैं ।)

विमला –भारती जी की पुत्रवधू, लगभग पैंतीस वर्षीया महिला

(सलवार–कुर्ता पहनती है ।)

संचालिका जी–वृद्धाश्रम की संचालिका, आयु लगभग 60 वर्ष

(साड़ी पहनती हैं ।)

सरला जी–भारती जी की मित्र तथा वृद्धाश्रम की प्रबंध समिति की सदस्या

(साड़ी पहनती हैं ।)

वृद्धाश्रम में रहने वाली माताएँ जिनकी प्रमुख भूमिका है ।

कमला जी

रामा जी

कमलेश माता जी

कविता माता जी

पुष्पा माता जी

(कभी साड़ी पहनती हैं, कभी सलवार–कुर्ता और कभी गाउन में रहती हैं ।)

वृद्धाश्रम की परिचारिका

(साड़ी पहनती है ।)

रूपा–पुष्पा माता जी की बेटी

(सलवार–कुर्ता पहनती है ।)

पुरुष–पात्र

अर्जुन –भारती जी का बेटा

(घर पर कुर्ता–पायजामा पहनता है । बाहर पैंट–कमीज पहनता है ।)

प्रभात–पुष्पा माता जी का बेटा

(कुर्ता–पायजामा पहनता है ।)

आदित्य –कमला माता जी का बेटा

(पैंट–कमीज पहनता है ।)

गार्ड–वृद्धाश्रम का गार्ड

(गार्ड की वेशभूषा में है ।)

बच्चे

ज्ञान –अर्जुन का बेटा, आयु लगभग आठ वर्ष ।)

(कभी नेकर–कमीज तथा कभी पैंट–कमीज पहनता है। स्कूल जाते समय
स्कूल की वेशभूषा में)

अंकिता –अर्जुन की बेटी, आयु लगभग छह वर्ष

(फ्रॉक पहनती है । स्कूल जाते समय स्कूल की वेशभूषा में)

वृद्धाश्रम में रहने वाली अन्य माताएँ, अन्य कर्मचारी तथा आगन्तुक जन

(पात्र अभिनय के अनुकूल वेशभूषा)

मंच–सज्जा

तीन भागों में सुसज्जित मंच लगभग पचास गज का होगा ।

सबसे पिछला भाग–मंच पर सबसे पीछे की तरफ वृद्धाश्रम के कार्यालय का
दृश्य है । वहाँ पर एक मेज, एक अलमारी और कुछ कुर्सियाँ पड़ी हैं। कुछ प्लास्टिक
की कुर्सियाँ एक के ऊपर एक रखी हैं, जिन्हें आवश्यकतानुसार प्रयोग किया जा
सकता है । जब घर का या बैंक का दृश्य दिखाना होगा तब भी यही मंच–सज्जा
काम आ सकती है।

बीच का भाग–एक तरफ एक कमरे का दृश्य है, बाहर पर्दा पड़ा है । कमरे के
अन्दर एक पलंग, एक छोटी मेज, एक छोटी अलमारी और दो कुर्सियाँ पड़ी हैं ।
मेज पर एक जग और एक गिलास रखा है। इसे आश्रम का गेस्टरूम या किसी
माता का कमरा दिखाया जा सकता है । जिस माता का कमरा दिखाना होगा, वह
माता उस समय उस कमरे में रहेगी । प्रमुख पात्र भारती जी के घर का कमरा भी
दिखाया जा सकता है। दूसरी तरफ पुस्तकालय का बैनर लगा है। एक बुकशेल्फ
रखी है, उसमें कुछ किताबें हैं। कुछ प्लास्टिक की कुर्सियाँ एक के ऊपर एक रखी
हैं, जिन्हें आवश्यकतानुसार प्रयोग किया जा सकता है। जब घर का दृश्य दिखाना
होगा, तब पुस्तकालय का बैनर हटा देंगे, बुकशेल्फ तथा कुर्सियाँ रखी रहेंगी ।

सबसे आगे वाला भाग—सबसे आगे का स्थान खाली है। इसे बरामदे या वृद्धाश्रम की माताओं के टहलने के लिए प्रयोग किया जा सकता है। आगे के भाग में दो बेंचें पड़ी हैं। एक तरफ गार्ड की कुर्सी पड़ी है। कुर्सी पर गार्ड की वेशभूषा में गार्ड बैठा रहेगा। सबसे आगे वृद्धाश्रम का बोर्ड या बैनर लगा होगा। जब घर का दृश्य दिखाना होगा, तब यह बोर्ड या बैनर हटा दिया जाएगा।

2

(पर्दा खुलता है)

(प्रथम दृश्य)

(घर का दृश्य है। एक वृद्धा स्त्री और उनके बेटा–बहू बैठे हैं।)

अर्जुन : माँ! चलो तुम्हें थोड़ा घुमा लाऊँ।

भारती जी : अरे बेटा! मेरी तबियत ठीक नहीं है। कहाँ घुमाने ले चलोगे? तुम भी परेशान होगे।

अर्जुन : मैं परेशान नहीं होऊँगा। तुम चलो तो। आज बच्चे तो स्कूल गए हैं, द्वितीय शनिवार होने के कारण मेरी छुट्टी है।

भारती जी : अर्जुन! तब ऐसे दिन चलना कि सब लोग चल सकें। अभी तो विमला भी नहीं जा सकती क्योंकि बच्चे स्कूल से आने वाले होंगे।

अर्जुन : इसीलिए तो कह रहा हूँ, आज हम दोनों माँ–बेटे ही घूमेंगे।

भारती जी : नहीं मानता है तो चलती हूँ।

(दोनों बाहर जाते हैं।)

(नेपथ्य से गाड़ी स्टार्ट होने की आवाज आती है।)

पट–परिवर्तन

(दृश्य दो)

(वृद्धाश्रम का बोर्ड लगा हैं। भारती जी और अर्जुन खड़े हैं।)

भारती जी : तू मुझे वृद्धाश्रम में छोड़ने लाया है।

अर्जुन : तुम्हें दिखाने के लिए लाया हूँ।

भारती जी : चलो कार में बैठ कर बात करते हैं।

(दोनों बाहर जाते हैं।)

(नेपथ्य से बातें करने की आवाज आती है।)

भारती जी : तुम्हें शर्म नहीं आती, माँ को वृद्धाश्रम में रखोगे।

अर्जुन : माँ! मुझे माफ कर दो। मैं तुम्हें दिखाने के लिए लाया था कि अगर तुम्हारा विचार बनता है तो रहना।

भारती जी : (गुस्से से) नहीं, बिल्कुल नहीं, अब न तो मैं उस घर में जाऊँगी, न ही तुझे क्षमा करूँगी। तूने मुझे क्या समझ रखा है? मैं कोई खिलौना हूँ क्या? जब चाहा, जैसे चाहा खेला। मेरी सबसे बड़ी गलती थी कि मैंने तेरे लिए क्या किया है इसका कभी एहसास नहीं करवाया।

मैं वृद्धाश्रम में तो रहूँगी, लेकिन एक शर्त है कि तुम मुझसे जीवन में कभी नहीं मिलोगे।

अर्जुन : माँ——————!

भारती जी : मैं वृद्धाश्रम के अन्दर जा रही हूँ। अगर तूने आने की कोशिश की तो मैं तुम्हारी रिपोर्ट करूँगी।

अर्जुन : माँ———— ।

भारती जी : घबराओ नहीं, तुम्हारी रिपोर्ट नहीं करूँगी। तुम्हारी रिपोर्ट करने का मतलब है अपनी रिपोर्ट करना। मेरे ही पालन–पोषण में कुछ न कुछ कमी रह गई होगी, तभी तूने ऐसा कदम उठाया। मैं विमला को दोष नहीं दे रही। अगर उसने कहा भी था तो तू मुझसे तो कह सकता था––खैर अब तू जा और जीवन में फिर मिलने का प्रयास मत करना।

अर्जुन : माँ——————!

भारती जी : जाओ तुम! जैसा होगा, आज शाम को ही फोन द्वारा सूचित कर दूँगी। सूचना भी केवल इसलिए दूँगी कि तुम यहाँ पर न आओ ।

पट–परिवर्तन

(दृश्य तीन)

(अर्जुन के घर का दृश्य है। विमला बैठी है। अर्जुन का प्रवेश।)

विमला : (देखते ही उसकी पत्नी विमला बोली) माँ जी कहाँ हैं? तुम तो उन्हें वृद्धाश्रम दिखाने के लिए ले गए थे न।

अर्जुन : (झुँझलाते हुए) नहीं दिखाने के लिए नहीं, छोड़ने के लिए ले गया था। मैं उन्हें वहीं छोड़ आया। अब तो खुश हो न।

(अर्जुन बैठ जाता है।)

विमला : उनका सामान, कपड़े, बिस्तर आदि। क्या सामान पहुँचाने तुम जाओगे?

• 5 •

अर्जुन : (गुस्से से) नहीं, मैं सामान पहुँचाने क्यों जाऊँगा? जब हमने उन्हें घर से निकाल ही दिया है, तब वह वहाँ पर जैसे चाहें रहें। हमसे कोई मतलब नहीं है ।

विमला : (कुछ नम्र होते हुए) तुम पता बताओ, मैं जाकर सामान पहुँचा दूँगी।

अर्जुन : (व्यंग्य से) क्या करोगी तुम जाकर। कहीं तुम्हें छूत न लग जाए।

(थोड़ी देर बाद विमला लस्सी लेकर आई और अर्जुन को देने लगी।)

अर्जुन : मुझे नहीं पीनी है लस्सी–वस्सी।

(अर्जुन लेट जाता है।)

(थोड़ी देर बाद बच्चों का प्रवेश)

ज्ञान : (जोर से चिल्लाते हुए) माँ! आज भाषण–प्रतियोगिता में मैं फर्स्ट आया हूँ।

विमला : (खुशी से ज्ञान की पीठ थपथपाते हुए) शाबाश बेटा!

ज्ञान : (बस्ता रखते हुए) दादी कहाँ हैं? वह बहुत खुश होंगी।

विमला : दादी किसी के साथ तीर्थयात्रा पर गई हैं।

अंकिता : तीर्थयात्रा पर?

विमला : चलो, पहले कपड़े बदल कर भोजन करो, फिर बातें करना।

(बच्चे कपड़े बदल कर हाथ धो कर आते हैं।)

(विमला का खाने की थाली ले कर प्रवेश)

ज्ञान : पापा कहाँ हैं? आज तो उनकी छुट्टी है।

(अर्जुन कमरे से निकल कर आते हैं।)

ज्ञान : पापा! आज भाषण–प्रतियोगिता में मैं फर्स्ट आया हूँ।

अर्जुन : बहुत अच्छा! तुम लोग खाना खाओ। मैं थका हुआ हूँ। अभी आराम करूँगा।

ज्ञान : पापा! दादी किसके साथ तीर्थयात्रा पर गई हैं? एकाएक कैसे चली गईं?

विमला : उन लोगों का एकाएक प्रोग्राम बना तो दादी भी चली गईं।

(अर्जुन का कमरे में प्रवेश।)

(विमला अर्जुन के पीछे–पीछे जाती है ।)

विमला : (अर्जुन से) तुमने उस समय लस्सी भी नहीं पी। अब खाना तो खा लो।

अर्जुन : (झुँझलाते हुए) क्या करूँगा खाकर। एक दिन तो मरना ही है। नहीं खाऊँगा तो जल्दी मर जाऊँगा।

विमला : क्यों फालतू की बातें करते हो?

अर्जुन : क्यों? कल मेरे भी टी. बी. हो जाए तो मुझे भी घर से बाहर कर दिया जाएगा। अगर तुमने नहीं भी बाहर किया तो बच्चे तो बाहर कर ही देंगे न। हमने भी तो माँ को उनकी टी. बी. की बीमारी के कारण ही तो घर से बाहर किया है।

विमला : (गुस्से में) तुम तो सारा दोष मेरे ऊपर ही मढ़ रह हो। आखिर माँ जी को छोड़कर तो तुम ही आए हो। मैंने तो तुमसे सिर्फ इतना कहा था कि आज उन्हें वृद्धाश्रम दिखा लाओ, फिर जब उनका मन बने, तब उन्हें छोड़ आना। जब छोड़ ही आए हो तो अब उनकी दवा, कपड़े आदि तक पहुँचाने के लिए तैयार नहीं हो।

अर्जुन : जब मैंने वृद्धाश्रम के आगे जाकर गाड़ी रोकी, तब माँ ने उतर कर वृद्धाश्रम का बोर्ड देख कर मुझसे पूछा कि क्या वह उन्हें वहाँ पर छोड़ने के लिए लाया है। मेरे द्वारा यह कहने पर कि अभी तो केवल दिखाने के लिए लाया हूँ, यदि उनका विचार बनता है तो वह रह सकती हैं, तब उन्होंने कहा कि गाड़ी में बैठ कर बातें करते हैं।

गाड़ी में बैठ कर माँ ने मुझसे बताया कि उन्होंने मुझे किन मुसीबतों से पाला है। मेरे सामने बचपन से अब तक का सारा दृश्य घूम गया। मैंने उनसे माफी भी माँगी किन्तु उन्होंने कहा कि उन्हें अब उस घर में नहीं जाना है।

उन्होंने यह भी कहा कि अब उन्हें मेरे सहारे की जरूरत नहीं है, वह अकेले ही वृद्धाश्रम में चली जाएँगी। और———वह अकेली ही वृद्धाश्रम में चली गईं।

पट–परिवर्तन

(दृश्य चार)

(भारती जी वृद्धाश्रम के अन्दर जाती हैं।)

भारती जी : (गार्ड से) संचालिका जी से मिलना है।

(गार्ड उन्हें संचालिका जी के पास ले जाता है।)

(मंच पर मेज और कुछ कुर्सियाँ पड़ी हैं । एक कुर्सी पर संचालिका जी बैठी हैं। एक अलमारी रखी है।)

भारती जी : (हाथ जोड़ कर) नमस्ते बहनजी!

संचालिका जी: नमस्ते! आइए, बैठिए।

(भारती जी सामने की कुर्सी पर बैठ जाती हैं।)

भारती जी : बहन जी! मुझे आश्रय चाहिए।

संचालिका जी: आपका सामान कहाँ है ?

भारती जी : मैं कोई सामान नहीं लाई हूँ। दूसरे दिन बदलने के लिए मेरे पास कपड़े तक नहीं हैं। मैं चेकबुक भी नहीं लाई हूँ। आप मुझे मेरे बैंक भेज दीजिए। वहाँ से मैं कुछ रुपए निकाल कर कुछ कपड़े, दवाएँ आदि खरीद लूँगी। अन्य जो

आवश्यक सामान हो, वह भी बता दीजिए।

संचालिका जी: आपके साथ कोई आया है?

भारती जी : नहीं! मेरा बेटा मुझे यहाँ छोड़ कर चला गया है ।

संचालिका जी: आपका नाम क्या है?

भारती जी : भारती।

संचालिका जी: भारती जी! आपके लिए भोजन मँगवा देते हैं। फिर पुलिस वैरिफिकेशन करवा कर आपको कमरा दे देंगे।

(मैनेजमेंट–कमेटी की एक अन्य सदस्या सरला जी का प्रवेश)

सरला जी : अरे भारती तुम! कहो, यहाँ कैसे? बेटा कैसा है? पोता–पोती कैसे हैं? क्या कुछ सामान बाँटने आई हो?

(संचालिका जी व भारती जी एक–दूसरे को देखती रहीं।)

संचालिका जी: सरला जी! तो आप भारती जी को जानती हैं ?

सरला जी : बहुत अच्छी तरह से जानती हूँ। हम दोनों एक ही स्कूल में पढ़ाते थे। उसके बाद भी कभी–कभी कहीं न कहीं मिलना होता रहता था। मैं कई बार इनके घर भी गई हूँ। यह भी मेरे घर कई बार आई हैं। इधर लगभग दो वर्ष बाद आज भारती जी मिली हैं।

संचालिका जी: (भारती जी से) अभी आपको गेस्टरूम में भेज रही हूँ। वहाँ पर बिस्तर आदि सब हैं। आप वहाँ पर थोड़ा आराम करिए, भोजन वहीं पर भिजवा देते हैं। उसके बाद आपको बैंक भेज देंगे।

भारती जी : और पुलिस वैरिफिकेशन?

संचालिका जी: सरला जी आपको जानती हैं। अत: अब पुलिस वैरिफिकेशन की जरूरत नहीं है ।

(सरला जी ने संचालिका जी को प्रश्नवाचक निगाहों से देखा। उन्होंने इशारे से सरला जी को चुप रहने को कहा।)

संचालिका जी: मैं इन्हें गेस्टरूम में छोड़ कर आती हूँ।

(संचालिका जी उठ कर भारती जी के साथ उन्हें गेस्टरूम में ले जाती हैं। गेस्टरूम में एक पलंग एक छोटी मेज व दो कुर्सियाँ पड़ी हैं, एक अलमारी रखी है। मेज पर जग और एक गिलास रखा है।)

(संचालिका जी लौट कर कार्यालय में आ कर बैठ जाती हैं।)

संचालिका जी: (सरला जी से) इन्हें अपने बेटे बहू से कुछ प्राब्लम है। इनका बेटा इन्हें यहाँ पर छोड़ कर चला गया है। अपने साथ कुछ सामान भी नहीं लाई हैं। कपड़े भी नहीं हैं, चेकबुक भी नहीं है। कह रही थीं कि किसी के साथ बैंक भेज

दीजिए तो कुछ रुपए निकाल कर पहनने के कपड़े व आवश्यक सामान ले लें।

सरला जी : (आश्चर्य से) आश्चर्य है मुझे! भारती जी ने किन मुसीबतों से अपने बेटे अर्जुन को पाला। जब वह एक महीने का था, तब उनके पति का देहान्त हो गया था। ससुराल वालों ने उन्हें मायके भेज दिया। उनके मायके जाने के कुछ ही दिनों बाद भारती जी के पिता जी का देहान्त हो गया। मायके वालों ने भी बच्चे अर्जुन को अपशकुनी समझ कर भारती जी को नन्हे बच्चे के साथ घर से निकाल दिया।

तब उन्हें एक माताजी ने शरण दी। माता जी के बच्चे नहीं थे। भारती जी घर पर ही ट्यूशन करती थीं। भारती जी माता जी के साथ ही भोजन करती थीं। माताजी भोजन का सारा खर्च स्वयं वहन करती थीं। भारती जी से कहती थीं–'तुम अपना पैसा जमा करो। तुम्हारी कोई सरकारी नौकरी तो है नहीं कि पेंशन मिलेगी। बुढ़ापे में पैसे की बहुत जरूरत होती है। अर्जुन के थोड़ा बड़ा होने भारती जी उसी प्राइवेट स्कूल में पढ़ाने लगीं जिसमें मैं पढ़ाती थी। अर्जुन भी भारती जी के साथ ही आने लगा व उसी स्कूल में पढ़ने लगा।

धीरे–धीरे अर्जुन ने ग्रेजुएशन कर ली। माताजी बीमार रहने लगीं, भारती जी व अर्जुन ने उनकी खूब सेवा की। जब माताजी मकान भारती जी के नाम करने लगीं, तब भारती जी ने ही माता जी से कहा कि मकान अर्जुन के नाम कर दें। अन्ततःतो मकान उसी को मिलना है। इससे बार–बार नाम बदलने का चक्कर नहीं रहेगा। वैसे भी मेरे बुढ़ापे की लाठी तो अर्जुन ही है।

माताजी ने इन्हें समझाया– ठीक है, लेकिन अपने पास भी पैसा होना चाहिए।

भारती जी की समझ में कुछ नहीं आया। अन्ततः माताजी ने मकान अर्जुन के नाम कर दिया। कुछ वर्षों में माता जी का देहान्त हो गया। अर्जुन भी अच्छी–खासी नौकरी में है।

संचालिका जी: इनके यहाँ आने का क्या कारण है, यह तो धीरे–धीरे पता चल जाएगा। अभी तो इन्हें बैंक व बाजार भेजना है, ताकि यह अपने लिए कुछ कपड़े तो ले आएँ। बिस्तर आदि तो हम दे देंगे।

सरला जी : मैं चली जाऊँ, इनके साथ?

संचालिका जी: हाँ चली तो जाइए, किंतु वह जो बता दें, वह सुन लीजिएगा, अपनी तरफ से कुछ मत पूछिएगा, क्योंकि अभी उनका चोट खाया हुआ मन है। सामान्य होने में कुछ समय लगेगा।

(संचालिका जी घण्टी बजाती हैं।)

(चपरासिन का प्रवेश)

संचालिका जी: (चपरासिन से) एक महिला भारती जी जिनको मैं अभी गेस्ट रूम में छोड़ कर आई हूँ। उन्हें मैंने खाना भिजवाने के लिए तुमसे कहा था। उन्हें खाना दे दिया गया क्या?

चपरासिन : हाँ बहन जी! खाना तो दे दिया, किन्तु वह कह रही थीं कि वह खाना नहीं खाएँगी, उन्हें भूख नहीं है। इसलिए खाने की थाली मैंने उन्हीं की मेज पर ढक कर कर रख दी।

संचालिका जी: ठीक है, तुम जाओ।

सरला जी : बहन जी! मैं उन्हीं के पास चली जाती हूँ। थोड़ा–बहुत जो वह खाएँगी, खिला कर उन्हें साथ ले कर बैंक व बाजार चली जाती हूँ।

संचालिका जी: बहुत अच्छा।

(सरला जी उठ कर भारती जी के पास जाती हैं। भारती जी लेटी हुई थीं, आहट पा कर उठ गईं।)

सरला जी : अरे भारती! खाना खा लिया?

भारती जी : नहीं सरला! मुझे भूख नहीं है ।

सरला जी : थोड़ा सा तो खा लो, फिर मैं तुम्हारे साथ बैंक व बाजार चलूँगी ।

भारती जी : नहीं मानती हो तो थोड़ा सा खा लेती हूँ । (कहते हुए उठकर हाथ धोती हैं व कहती हैं) तुम भी खा लो ।

सरला जी : नहीं मैं घर से खा कर आई हूँ ।

(भारती जी खाना खाने लगती हैं ।)

सरला जी : मैं सोच रही हूँ कि तुम अभी दो गाउन और एक साड़ी ले लो। पेटीकोट तो सिले–सिलाए भी मिल जाते हैं, ब्लाउज का कपड़ा ले लेते हैं । ब्लाउज सिलने में समय लगेगा। तब तक तुम रात में गाउन पहन कर काम चला लेना। रात को ब्लाउज धोकर डाल देना । सुबह पहनने के काम आ जाएगा ।

और—–—एक तौलिया, टूथ ब्रश, साबुन आदि ले लेंगे। अन्य आवश्यक सामान तो आश्रम से ही मिल जाएगा।

(भारती जी खाना खा कर हाथ धोती हैं ।)

सरला जी : (ताला लगाते हुए) अभी तो यही ताला लगा देते हैं । बाजार से एक अपना ताला भी खरीद लेना । तब अपना ताला लगाया करना ।

(भारती जी और सरला जी का बाहर की ओर प्रस्थान)

पट–परिवर्तन

(दृश्य पाँच)

(सामान लिए हुए भारती जी और सरला जी का वृद्धाश्रम में प्रवेश)

(भारती जी कमरे में आ कर लेट जाती हैं ।)

भारती जी : थक गई ।

सरला जी : तुम आराम करो, भारती! मैं चलती हूँ । समय पर भोजन आदि कर लेना ।

(थोड़ी देर बाद)

भारती जी : (पर्स से मोबाइल निकालती हैं व नम्बर मिलाती हैं ।) अर्जुन! यहाँ पर मेरा सब अच्छा इन्तजाम हो गया है । मैं बाजार जा कर दवाएँ, एक साड़ी और दो गाउन ले आई हूँ । बाकी सब व्यवस्था यहाँ पर है । मैं तुझे फोन सिर्फ इसलिए कर रही हूँ कि तू परेशान न हो और यहाँ पर न आवे ।

(उधर की आवाज सुनने का अभिनय)

भारती जी : बस अब फोन रखती हूँ । मुझे फोन मत करना ।

(उधर की आवाज सुनने का अभिनय)

(भारती जी फोन रख देती हैं व दरवाजा बन्द करके सो जाती हैं ।)

(मंच पर हल्का सा प्रकाश है । सुबह का समय है । चिड़ियों की चहचहाहट सुनाई पड़ रही है ।)

(भारती जी कमरे से बाहर निकलती हैं ।)

(गार्ड और एक सज्जन कुछ पेटियाँ ले कर आश्रम के अन्दर आ रहे थे । सामने बरामदे की मेज पर पेटियाँ रख दीं । गार्ड ने आश्रम की घण्टी बजाई । आगन्तुक सज्जन पेटियों में से केले निकाल कर सबको बाँट रहे थे । आश्रम की औरतें आ रही थीं और बड़ी खुशी से केले ले लेकर अपने कमरे में जा रही थीं ।)

(भारती जी कुछ नहीं बोलीं । वह खड़ी हुई देखती रहीं। जब सब औरतें केले लेकर चली गईं, तब वह सज्जन स्वयं आकर भारती जी को केले दे गए व बोले)

केले देने वाले सज्जन: लगता है, आप अभी नई आई हैं?

भारती जी : (केले लेते हुए) हाँ जी, कल ही आई हूँ।

(वह केले लेकर अपने कमरे में चली गईं । तभी एक औरत उनके कमरे में आई ।)

एक औरत : बहन जी! आप कहाँ से आई हैं? क्या नाम है?

भारती जी : मैं इसी शहर से ही आई हूँ। मेरा नाम भारती है। आपका क्या नाम है?

रामा जी : रामा।

भारती जी : रामा जी! क्या इसी तरह से लोग यहाँ पर बाँटने के लिए आते रहते हैं?

रामा जी : हाँ बहन जी! किसी–किसी दिन तो कई–कई लोग आते हैं । खाने की चीजों के अलावा भी बहुत सी चीजें बाँटते हैं ।

भारती जी : क्या–क्या चीजें?

रामा जी : जैसे पहनने के कपड़े, तौलिए, चादरें, स्वेटर, कम्बल, तेल, साबुन, मंजन आदि ।

भारती जी : अच्छा मतलब उपयोग की चीजें।

रामा जी : हाँ उपयोग की चीजें भी और कभी–कभी उपयोग से बहुत अधिक चीजें भी मिल जाती हैं। जैसे-पिछले वर्ष एक–एक औरत को चार–चार कम्बल मिले ।

भारती जी : एक–एक औरत को चार–चार कम्बल? इतने कम्बल एक औरत क्या करेगी?

रामा जी : करते क्या हैं, अपने घर वालों को दे देते हैं।

भारती जी : घर वालों को? क्या घर वाले आते–जाते हैं ?

रामा जी : हाँ, आते–जाते हैं। आखिर दुःख–मुसीबत में घर वाले ही तो काम आवेंगे।

भारती जी : अगर कोई बीमार पड़ता है, तब आश्रम वाले क्या करते हैं?

रामा जी : आश्रम वाले अस्पताल भेज देते हैं, दवा दिलवा देते हैं, ज्यादा बीमार पड़ने पर कुछ लोगों के घर वाले आकर ले जाते हैं, कुछ लोग यहीं पर रहती हैं ।

भारती जी : जो लोग यहाँ पर रहती हैं, उनकी बीमारी की अवस्था में देखभाल कौन करता है?

रामा जी : बीमारों को समय पर दवा और भोजन आदि आया लोग दे देती हैं व उनका जो काम होता है वह कर देती हैं। जो लोग समर्थ नहीं हैं, उनका सारा खर्च आश्रम देता है। अच्छा बहन जी फिर आएँगे।

भारती जी : (उठते हुए) बहनजी! यहाँ पर नाश्ता किस समय मिलता है?

रामा जी : नाश्ता तो सुबह सात बजे से मिलना शुरू हो जाता है, लेकिन आज तो बाहर का नाश्ता है ।

भारती जी : बाहर के नाश्ते का मतलब?

रामा जी : बाहर से कोई दानी नाश्ता ले कर आवेंगे। कुछ स्पेशल मिलता है। आज नाश्ते में आलू के पराँठे मिलेंगे।

(रामा जी चली जाती हैं ।)

(थोड़ी देर बाद अर्जुन का प्रवेश)

भारती जी : कहो अर्जुन! किसलिए आए हो? तुमसे आने के लिए मना किया था।

अर्जुन : माँ! मुझसे गलती हुई है । घर चलो ।

भारती जी : अभी तुमने कुछ खाया तो होगा नहीं, अभी नाश्ते का समय हो गया है तुम्हारे नाश्ते के लिए भी बोल आऊँ ।

अर्जुन : माँ, माँ ही होती है । यहाँ पर भी मेरे खाने–पीने की ही चिन्ता लगी है ।

(भारती जी उठ कर कमरे के बाहर गईं, जब वह लौट कर आईं, तब उनके हाथ में प्लेट में आलू के पराँठे थे।)

भारती जी : आज बाहर का खाना है, इसलिए स्पेशल है। आलू के पराँठे बने हैं।––अरे तुझे क्या हुआ? रो क्यों रहा है? (कहते हुए उसके आँसू पोंछने लगीं।)

अर्जुन : यहाँ पर भी तुम्हें मेरे खाने–पीने की ही चिन्ता लगी है। (कहते हुए उनकी गोद में सिर रखकर फफक कर रो पड़ा। वह कुछ देर में शान्त हुआ।)

भारती जी : चलो, अब खाया जाए । (दोनों लोग खाने लगते हैं ।)

अर्जुन : माँ! बाहर के खाने का मतलब?

भारती जी : दानी लोग तरह–तरह का दान देते हैं। कोई फल बाँटने आता है, कोई बिस्किट आदि, कोई कपड़े आदि भी बाँटता है। कभी–कभी कोई दानी अपनी तरफ से भोजन का इंतजाम करते हैं। आज भी आलू के पराँठे किसी दानी की तरफ से हैं।

अर्जुन : जिस माँ ने अथक परिश्रम करके सदा दूसरों को दिया ही हो, आज वह मेरे कारण दूसरों की दया पर आश्रित होकर दान का खाने को मजबूर हैं। माँ! मुझसे गलती हुई है। घर चलो।

भारती जी : (रुद्ध शब्दों में) नहीं, मुझे केवल एक बात बताओ, माताजी अपने आखिरी समय में कितनी बीमार हो गई थीं। मैंने और तुमने दोनों ने ही उनकी भरपूर सेवा की। हम लोगों को तो कोई बीमारी नहीं लग गई।

एक बात और बीमारी की अवस्था में बच्चे तो बूढ़े माँ–बाप को घर से बाहर करके अनाथालय में डाल दें, किन्तु यहाँ पर उनकी सेवा जो करेंगे, उनके बीमारी नहीं लगेगी क्या?

अर्जुन : अनाथालय में?

भारती जी : और क्या? वृद्धाश्रम बूढ़े लोगों का अनाथालय ही तो है न।

अर्जुन : (अपने आप से) अनाथालय, हंय मेरी माँ अनाथालय में रहेगी?

भारती जी : अर्जुन! एक बात बताओ, विमला ने तुमसे कुछ भी कहा हो, तुम्हारी संवेदनाएँ कहाँ चली गई थीं? विपरीत परिस्थितियों में भी मैंने तो तुम्हें

अनाथालय में नहीं डाला था।

मेरी विपरीत परिस्थितियों में मुझे माता जी ने सहारा दिया, जिससे मेरा व तुम्हारा गुजारा हो सका । और————आज जब मैं सर्वसमर्थ हूँ, मेरे पास जवान बेटा, बहू, प्यारे–प्यारे पोता–पोती हैं, पर्याप्त धन है, अपना घर है, तब अनाथालय में रहने को मजबूर हूँ ।

(भारती जी हाँफ जाती हैं व लेट जाती हैं ।)

(अर्जुन उनके पास आकर बैठ जाता है व उनके सिर पर हाथ रखता है ।)

भारती जी : अर्जुन! अब जाओ तुम, मैं यहीं पर ठीक हूँ ।

अर्जुन : आप तो खाली हाथ चली आई थीं। आपका आवश्यक सामान, कपड़े, दवा आदि।

भारती जी : मैंने तुम्हें फोन पर तो बताया था कि मैं जिस दिन आई थी, उसी दिन बैंक जाकर रुपए निकाल कर कुछ कपड़े, दवा वगैरह खरीद ली थीं। अब तुम जाओ, विमला परेशान हो रही होगी। मैं यहाँ पर ठीक हूँ।

(अर्जुन चला जाता है ।)

(नेपथ्य से आवाज आती है– कहाँ चली गई हमारी संस्कृति । हम किस संस्कृति की दुहाई देते हैं? भारत में तो मृतकों तक को तर्पण दिया जाता है । हर वर्ष उसी तिथि में मृतक का श्राद्ध करके उनको याद किया जाता है । उसी देश में जीवित माता–पिता की यह दुर्गति। पुत्र–पुत्रियाँ उन्हें घर में रखने तक के लिए तैयार नहीं हैं। शास्त्रों में तो इन्हें जीवित देवता कहा गया है।)

(थोड़ी देर बाद एक पति–पत्नी आश्रम की परिचारिका के साथ आते हैं व उन्हें सौ रुपए देते हैं।)

भारती जी : (प्रश्नवाचक निगाहों से) यह क्या है?

आगन्तुक सज्जन: माताजी! हम लोग बेसहारा लोगों की मदद करते हैं।

(वह सज्जन बोले व चले गए।)

(भारती जी की आँखों में आँसू आ गए।)

भारती जी : (अपने आप से) बेसहारा! मैं बेसहारा, अनाथ।

(सरला जी का प्रवेश)

सरला जी : भारती! कैसी हो?

भारती जी : ठीक हूँ सरला! तुम्हारे आश्रम की व्यवस्था तो बहुत अच्छी है किन्तु जो लोग बाहर से आकर सामान व रुपए आदि बाँटते हैं, वह मुझे हाथ फैला कर लेना अच्छा नहीं लगता है। क्या ऐसा हो सकता है कि मैं बाहर से आया हुआ सामान न लूँ।

सरला जी : भारती! कहती तो तुम ठीक हो, किन्तु पूरा आश्रम ही दान से ही चलता है। हम कोई सरकारी अनुदान तो लेते नहीं हैं। आश्रम की व्यवस्था, कर्मचारियों का वेतन आदि सब कुछ दान के पैसे से ही पूरा होता है।

भारती जी : इसके मतलब तो रसोई का सारा सामान, राशन आदि भी सब कुछ दान में ही आता होगा?

सरला जी : और क्या? कुछ लोग तो वस्तुएँ दे जाते हैं, जो चीजें दान में नहीं आती हैं, वह हमें खरीदनी पड़ती हैं।

भारती जी : हाँ, लेकिन वह भी तो दान के ही पैसे से खरीदी जाती होंगी?

सरला जी : हाँ बिल्कुल ।

भारती जी : वैसे मैंने देखा है कि यहाँ पर सभी औरतें गरीब नहीं हैं। कई लोग काफी पढ़ी–लिखी व सरकारी पेन्शन पाने वाली भी हैं।

सरला जी : एक बात है भारती! यहाँ पर रहने वाली जिन औरतों के पास धन है, वह भी समय–समय पर आश्रम में दान देती रहती हैं।

पट–परिवर्तन

(दृश्य छह)

(भारती जी शाम के वक्त आश्रम के बरामदे में टहल रही थीं। कुछ औरतें बरामदे में बनी बेंचों पर बैठी हुई बातें कर रही थीं। वह भी उनके पास बैठ गईं।)

कमला जी : कहिए बहन जी! कैसा लग रहा है, आपको।

भारती जी : ठीक लग रहा है, आश्रम में व्यवस्था तो अच्छी है। साफ–सफाई से लेकर भोजन आदि की व्यवस्था सभी कुछ अच्छी है। बस एक बात है कि मुझे दानी लोगों से हाथ फैला कर लेना अच्छा नहीं लगता है।

कमला जी : बहन जी! शुरू –शुरू में अच्छा तो मुझे भी नहीं लगता था, लेकिन क्या किया जाए।

भारती जी : आपका क्या नाम है?

कमला जी : कमला।

भारती जी : कमला बहन जी! आप कहाँ से आई हैं?

कमला जी : भारती बहन! हूँ तो मैं भी इसी शहर से, यहीं सचिवालय में अण्डर सेक्रेटरी की पी. ए. थी। आज यहाँ पर हूँ। सब समय–समय की बात है। चलिए चला जाए, भोजन का समय हो गया है।

(कहते हुए कमला जी व अन्य सभी माताएँ उठ गईं।)

भारती जी : बहन जी! मेरे पास आइएगा।

कमला जी : अवश्य।

(नेपथ्य से आवाज आती है।)
(सब लोग धीरे–धीरे चल कर भोजनकक्ष में जाते हैं। भोजन करने के बाद
भारती जी अपने कमरे में चली जाती हैं।)
(थोड़ी देर बाद कमला जी का भारती जी के कमरे में प्रवेश)

कमला जी : कहिए भारती बहन! आपकी आज्ञानुसार आ गई।

भारती जी : (मुस्कुराते हुए) आइए, आइए बैठिए बहन जी।
(कमला बहन जी बैठ जाती हैं।)

कमला जी : बहन! आप एक छोटी गैस व कुछ बर्तन भी रख लीजिएगा ताकि कभी कुछ बनाने का मन हो तो बना भी सकती हैं। और———आपको अन्य किसी चीज की जरूरत हो या कोई परेशानी हो तो बताइएगा।

भारती जी : अवश्य बताऊँगी, यहाँ पर आप ही लोग तो हैं और कौन अपना है, अपने तो दूर हो गए।

कमला जी : भारती जी! यहाँ पर जो कोई भी आता है दर्द का मारा ही होता है । हमारे–आपके जैसे लोग अपना खर्च तो उठा लेते हैं, कुछ बहनों के पास तो पैसा भी नहीं है, उनका सारा खर्च आश्रम ही उठाता है ।

भारती जी : क्या वह लोग निर्धन हैं ?

कमला जी : कुछ तो वाकई निर्धन हैं । कुछ ऐसी बहनें भी हैं, जिनके घर में काफी धन–सम्पत्ति है । एक बहन ऐसी हैं जिनके पति का अपना बिजनेस था। पति के देहान्त के बाद बच्चों ने उन्हें यहाँ पर भेज दिया ।

भारती जी : क्यों? पति के बिजनेस में व धन में पहला हक तो पत्नी का होता है।

कमला जी : जहाँ तक हक की बात है, तब तक तो ठीक है किन्तु पहले तो माताएँ सोचती हैं कि बच्चे तो उनके अपने ही हैं, इसलिए वह अपने नाम पर धन–सम्पत्ति जमा नहीं करती हैं । सोचती हैं कि क्या करना है अपने नाम पर पैसा जमा करके ।

रही बिजनेस में हिस्से व हक की बात तो वह सोचती हैं कि कौन करे यह सब । वैसे भी बुढ़ापे में कोर्ट–कचहरी, वकील यह सब करना किसी के बस में नहीं होता है ।

भारती जी : बहन जी! आजकल वृद्धों को सरकार की ओर से बहुत सी सुविधाएँ दी जा रही हैं। यह तो आपको पता ही है कि सीनियर सिटीजन को बैंकों में आधा प्रतिशत ब्याज ज्यादा मिलता है व सीनियर सिटीजन सेविंग स्कीम अलग से भी है, जिसमें सभी योजनाओं से अधिक ब्याज मिलता है ।

जहाँ तक अपने अधिकारों के लिए लड़ने की बात है तो हेल्पेज इंडिया व मानव–अधिकार आयोग पूरी मदद करता है । अगर वह बहन एक साधारण सा प्रार्थना पत्र भी दे दें तो उन्हें उनका हक दिलवाया जा सकता है ।

इसके अतिरिक्त किसी वृद्धजन के पास अपना या अपने पति का पैसा नहीं भी है, तब भी उनके समर्थ बच्चों से उनको गुजारा दिलवाया जा सकता है ।

कमला जी : लेकिन क्या इसके लिए उस वृद्धजन को स्वयं प्रयास नहीं करने होंगे?

भारती जी : अगर वह इस स्थिति में है तो स्वयं प्रयास करे, अन्यथा हेल्पेज इंडिया व मानवाधिकार आयोग उनकी पूरी मदद करते हैं । हाँ पहल तो वृद्धजन को ही करनी होगी। प्रार्थनापत्रों में हस्ताक्षर तो उन्हीं को करने होंगे ।

कमला जी : बहुत अच्छी बात बताई आपने बहन जी! बाकी बातें फिर करेंगे । अभी तो आप भी आराम करिए । क्या किया जाए जिन्दगी ही एक लम्बी कहानी है । इसका आदि व अन्त केवल ऊपर वाला ही जानता है ।

भारती जी : ठीक कहती हैं बहन जी! क्या किया जाए, जब तक जीवन है तब तक जीना तो है ही, अपने आप अपना गला तो नहीं घोटा जा सकता है न ।

कमला जी : बहन जी! मुझे आपकी परिस्थिति का पता नहीं है किन्तु मेरी कहानी सुनोगी तो दाँतों तले उँगली दबा लोगी ।

भारती जी : आपको यहाँ पर आए कितने दिन हो गए?

कमला जी : पाँच वर्ष हो गए हैं, लेकिन लगता है कि अभी पाँच ही दिन हुए हैं। जीवन भर बच्चों के लिए करती रही । अब लगता है कि सब बेकार किया। यदि बच्चे न होते तो इतना दुःख न होता।

किसी का न होना उतना दुःखदायी नहीं होता है, जितना होने पर अनहोना होना।

भारती जी : ठीक कहती हैं आप! (भारती जी दर्द से बोलीं ।)

कमला जी : मैं भी सरकारी नौकरी में थी और मेरे पति भी । मेरे तीन लड़के हैं । आदमी बेटों के लिए रोता है । भगवान की दया से तीनों ही अच्छे पढ़े–लिखे हैं व सरकारी नौकरी में हैं । सबकी शादियाँ कर दी हैं, बाल बच्चे वाले हैं । लेकिन————मेरे लिए। (कहते–कहते उनकी आँखों में आँसू आ जाते हैं।)

(भारती जी उन्हें एक गिलास पानी देती हैं । कमला जी पानी पीती हैं ।)

भारती जी : आपके पति को गुजरे हुए कितने दिन हो गए?

कमला जी : छह साल ।

भारती जी : अभी छह वर्ष उन्हें गुजरे हुए हुए हैं और आप पाँच वर्षों से यहाँ पर हैं?

कमला जी : भारती बहन! पति के गुजरने के बाद तेरहवीं वाले दिन से ही मेरे बँटवारे की बात शुरू हो गई ।

भारती जी : आपके बँटवारे की बात?

कमला जी : हाँ, मेरे बँटवारे की बात। हमारे कभी भी बहुत ज्यादा खर्च नहीं रहे। बचत करके एक काफी बड़ा प्लॉट लिया । उसमें तीनों बच्चों के लिए इस तरह से मकान बनवाया कि वह चाहें तो साथ भी रह सकते हैं, चाहें तो अलग–अलग भी व जब चाहें तब अपना–अपना पोर्शन बेच भी सकते हैं ।

भारती जी : आपने तीन पोर्शन बनवाये और आप लोगों के लिए?

कमला जी : हमें क्या करना था, जब तक मेरे पति थे, तब तक सभी बेटे बहू साथ ही रहते थे । सबका भोजन एक साथ ही बनता था । जिसकी जो मर्जी आई खर्च कर देता था अन्यथा हम ही भोजन आदि का खर्च उठाते थे। हमारा तो एक कमरा एक बेटे के पोर्शन के साथ था । एक बेटे के पोर्शन के साथ कॉमन रूम या ड्राइंग रूम था, जिसमें सबके मिलने–जुलने वाले आते थे। बड़ा सुखी जीवन था।

भारती जी : और आपकी बेटियाँ कहाँ हैं?

कमला जी : मेरी कोई बेटी नहीं हैं । तीन बेटे ही हैं।

भारती जी : मकान तो आपके या आपके पति के नाम ही होगा न ।

कमला जी : यही तो विडम्बना है कि हम लोगों ने मकान बनवा कर तीनों पोर्शन की रजिस्ट्री अलग–अलग तीनों बेटों के नाम करवा दी । हमें क्या करना था । हम लोगों को पेन्शन तो मिल ही रही थी । आज भी मुझे पेन्शन तो मिल ही रही है, यही अच्छा है ।

भारती जी : अब तीनों बच्चे उसी घर में रह रहे हैं?

कमला जी : एक बच्चा विदेश में है । उसकी पत्नी व बच्चे भी उसी के साथ ही रहते हैं ।

भारती जी : तब उसका पोर्शन खाली होगा ?

कमला जी : नहीं उसमें उसने किराएदार रखे हैं।

भारती जी : किराया कौन लेता है ?

कमला जी : उसका बैंक खाता भारत में भी है न । किराएदार उसी में पैसा जमा कर देते हैं। वैसे बेटा और उसका परिवार कभी–कभी भारत में आते भी हैं । अच्छा काफी बात हो गई है। आप भी आराम करिए, बाकी बातें फिर करेंगे ।

(कमला जी उठ जाती हैं ।)

भारती जी : शुभ रात्रि बहन जी!

कमला जी : शुभ रात्रि!

(भारती जी कमरे का दरवाजा अन्दर से बन्द करती हैं व लाइट बन्द करके लेट जाती हैं । स्टेज पर रात्रि का दृश्य है । बाहर बरामदे में हल्की लाइट जल रही है ।

चौकीदार चक्कर लगाता है ।)

पट–परिवर्तन

(दृश्य सात)

(सुबह का समय है । दीवार घड़ी में आठ बजे हैं ।)

भारती जी : (अपने आप से) आठ बज गए । चलूँ नाश्ता कर लूँ ।

(सरला जी का प्रवेश)

भारती जी : अरे सरला तुम! सुबह–सुबह ।

सरला जी : कहो भारती! कैसा लग रहा है, यहाँ पर?

भारती जी : अच्छा लग रहा है ।

सरला जी : जानकर सन्तोष हुआ।

भारती जी : सरला! आज तुम मेरी वजह से इतनी सुबह आई हो कि वैसे भी कभी–कभी आती रहती हो?

सरला जी : भारती! व्यवस्था चलाने के लिए बीच–बीच में कभी–कभी प्रबन्धकों में से कोई न कोई आता रहता है ।

बिना बताए अचानक आते रहने से व्यवस्था ठीक तरह से चलती रहती है ।

भारती जी : (भरे गले से) बहुत अच्छा काम कर रही हो सरला! निराश्रितों को शरणागति देने से अच्छा और कौन–सा काम काम होगा ।

सरला जी : भारती! तुम्हें और जिस सामान की आवश्यकता हो बता दो । यदि आश्रम में हुआ तो यहाँ से दे देंगे अन्यथा बाजार से मँगवा देंगे । वैसे मैं एक बात कहना चाहती हूँ, नाराज मत होना ।

भारती जी : बोलो सरला! तुमसे आज तक कभी नाराज हुई हूँ मैं ।

सरला जी : भारती! तुम्हारे यहाँ आने का कारण मैं नहीं पूछ रही हूँ । कारण चाहे कुछ भी हो, लेकिन पहली बात तो यह है कि उस मकान पर तुम्हारा पूरा अधिकार है ।

अगर तुम वहाँ न रह कर यहाँ भी रहना चाहती हो तो कम से कम अपना निजी सामान, अपनी किताबें, बैंक आदि के कागज तो जा कर ले आओ न । अगर कहो तो मैं भी तुम्हारे साथ तुम्हारे घर तक चलने के लिए तैयार हूँ ।

भारती जी : सरला! तुमने इतना कहा बड़ी बात है । मेरा बेटा कल आया था । वह अपने कृत्य पर शर्मिन्दा हो रहा था । मुझसे घर वापस चलने के लिए कह रहा था किन्तु मैं अब उस घर में वापस नहीं जाना चाहती हूँ, जहाँ से मुझे बिना किसी अपराध के बाहर निकाला गया हो ।

(भारती जी हाँफने लगती हैं व तकिया का सहारा लेकर बैठ जाती हैं ।)

(सरला जी उन्हें पानी देती हैं ।)

(आश्रम की परिचारिका का प्रवेश)

परिचारिका : (हाथ जोड़ कर) नमस्ते बहनजी!

दोनों लोग : नमस्ते ।

परिचारिका : आज माता जी नाश्ता करने रसोई में नहीं आईं । इनका नाश्ता यहीं पर ला दूँ?

सरला जी : हाँ ला दो ।

परिचारिका : (सरला जी से) बहन जी! आपके लिए भी ले आऊँ?

सरला जी : मैं घर से नाश्ता करके आई हूँ । वैसे नाश्ते में क्या बना है ?

परिचारिका : आज नमकीन पोहा बना है ।

भारती जी : नमकीन पोहा तो तुमको बहुत पसन्द है, थोड़ा सा खा लो ।

सरला जी : अच्छा थोड़ा सा मेरे लिए भी ले आओ ।

(थोड़ी देर बाद हाथ में दो प्लेटें लिए हुए परिचारिका का प्रवेश । वह प्लेटें ला कर मेज पर रख देती है ।)

(परिचारिका चली जाती है ।)

(दोनों पोहा खाती हैं ।)

सरला जी : भारती! तुम आराम करो, मैं आश्रम का एक चक्कर लगा कर आ रही हूँ । लौटते वक्त तुमसे मिल कर जाऊँगी ।

(वह चली जाती हैं ।)

(भारती जी उठती हैं व दवा खाती हैं फिर आँखें बन्द करके लेट जाती हैं, उन्हें झपकी सी आ जाती है । दरवाजा खुलने की आहट से नींद खुलती है । वह उठ कर बैठ जाती हैं । सरला जी थीं ।)

भारती जी : बैठो, सरला! तुम्हारे जाने के बाद मैं दवा खा कर लेटी तो झपकी सी आ गई ।

सरला जी : अच्छा है आराम मिल गया । मैं भी अब घर वापस नहीं जा रही हूँ क्योंकि अब संचालिका जी के आने का समय भी होने वाला है, तब तक तुम्हारे पास ही बैठती हूँ ।

भारती जी : बहुत अच्छा है। तुमसे बात करके बहुत अच्छा लग रहा है। तुम कह रही थीं न कि घर जाकर सामान ले आओ, ठीक है, लेकिन मेरे लाने लायक तो केवल मेरी किताबें और कपड़े ही हैं, कपड़े और किताबें तो अर्जुन भी ला सकता है। रही मेरे बैंक के कागजात की तो मैंने सभी बैंक खातों में अर्जुन के साथ ज्वाइन्ट एकाउन्ट कर दिया है।

सरला जी : क्यों? ऐसा क्यों किया?

भारती जी : इसलिए कि मेरे इस दुनिया से जाने के बाद अर्जुन को खाता स्थानान्तरित करने आदि के झंझटों में न पड़ना पड़े ।

सरला जी : (कुछ झुँझलाते हुए) तुम्हारा दिमाग खराब है। अर्जुन को किसी झंझट में न पड़ना पड़े, ऊँह ———और अर्जुन आज क्या कर रहा है तुम्हारे लिए? मकान भी उसके नाम करवा दिया और सारे पैसे में भी ज्वाइन्ट एकाउन्ट। तुम्हें सरकारी नौकरी न होने के कारण पेन्शन भी नहीं मिल रही है। अगर तुम नामांकन भी उसके नाम कर देतीं तब भी तो उसे ही सारा पैसा मिलता।

खैर————बैंक खातों के बारे में बाद में सोचेंगे । अब तुम साठ वर्ष की तो हो ही गई हो न ।

भारती जी : हाँ!

सरला जी : तब वृद्धावस्था पेंशन का फार्म आज ही भर कर जमा करवा देते हैं, लेकिन–उसके लिए भी तो आधार कार्ड आदि चाहिए।

भारती जी : हाँ, मेरा आधारकार्ड भी घर पर ही है।

सरला जी : तुम्हारी अलमारी की चाभी तो तुम्हारे पास होगी?

भारती जी : नहीं, मेरी कोई चीज ताले में नहीं है ।

सरला जी : तुम्हारा मोबाइल?

भारती जी : मेरा मोबाइल तो मेरे पर्स में ही था, इसलिए वह मेरे पास है।

सरला जी : शुक्र है कि कुछ तो तुम्हारे पास है।

भारती जी : (भावुक होते हुए) हाँ, बहुत कुछ है मेरे पास, सबसे बड़ी बात तो तुम हो मेरे पास।

सरला जी : तुम अगर घर नहीं जाना चाहती हो तो अर्जुन को फोन करो कि वह तुम्हारे कपड़े, किताबें, बैंक के कागज व आधार कार्ड आदि दे जाए।

अन्य सामान तो न भी ला सके तो कम से कम तुम्हारा आधारकार्ड व बैंक के कागज तो आज ही शाम तक दे जाए, जिससे कल तक तुम्हारा वृद्धवस्था पेन्शन का फार्म जमा करवाया जा सके।

भारती जी : ठीक कहती हो तुम! अभी तुम्हारे सामने ही उसे फोन करती हूँ। स्पीकर लगा देती हूँ, ताकि तुम भी उसकी बातें सुन सको।

(भारती जी अर्जुन को फोन करती हैं ।)

भारती जी : मेरा आधारकार्ड व अन्य कागजात की फाइल तथा चेकबुक ले आना ।

अर्जुन : (माँ की आवाज सुन कर खुश होते हुए) माँ! मैं आज ऑफिस से छुट्टी ले लेता हूँ और अभी थोड़ी देर में आपके पास कागजात लेकर पहुँच रहा हूँ ।

भारती जी : नहीं, छुट्टी लेने की कोई जरूरत नहीं है ।

अर्जुन : क्यों माँ ?

भारती जी : क्यों क्या? जीवन भर तुझे क्या सिखाया है, भावनाओं से ऊपर कर्तव्य होता है न।

अर्जुन : माँ की सेवा से बढ़कर कौन–सा कर्तव्य है ?

भारती जी : खैर, शाम को आना अभी नहीं, तब बातें करेंगे ।

सरला जी : अच्छा किया तुमने कि अभी किताबें व कपड़े लाने के लिए नहीं कहा।

भारती जी : क्यों?

सरला जी : यह फिर बताऊँगी, अभी तो ऑफिस में जाती हूँ।

(सरला जी कार्यालय में जाती हैं ।)

सरला जी : (संचालिका जी से) नमस्ते बहन जी!

संचालिका जी: नमस्ते!

सरला जी : मैं आज सुबह नाश्ते के समय ही आ गई थी । नमकीन पोहा बना था । मैंने भी थोड़ा सा खाया, अच्छा बना था ।

संचालिका जी: वैसे भी पोहा तो आपको पसन्द भी है ।

सरला जी : हाँ! बहुत पसन्द है, पता होता कि आज पोहा बना है तो घर से नाश्ता करके न आती।

संचालिका जी: और आश्रम की कोई नई खबर ?

सरला जी : बाकी तो सब ठीक है । पुष्पा माता जी की हालत ज्यादा गम्भीर है । वह अस्पताल जाने के लिए तैयार नहीं हैं । उनकी परिचारिका ने डॉक्टर को फोन पहले ही कर दिया था । मैंने कहा कि मैं फिर से फोन करूँ, तो परिचारिका बोली कि अभी पन्द्रह मिनट पहले ही तो फोन किया था । डॉक्टर साहब ने कहा है कि वह जल्दी ही पहुँच रहे हैं । मेरे सामने ही डॉक्टर साहब आ भी गए थे ।

संचालिका जी: डॉक्टर साहब ने क्या कहा?

सरला जी : डॉक्टर साहब बोले कि अगर यह अस्पताल नहीं भी जाना चाहती हैं तो कोई बात नहीं, क्योंकि अब ज्यादा समय नहीं है इनके पास। इनका कोई हो तो उसे बुला लीजिए, ताकि शान्ति से जा सकें इस दुनिया से ।

संचालिका जी: आप तो जानती हैं कि उनके बेटा–बेटी सब हैं । आप एक राय दीजिए कि क्या उन्हें फोन करूँ?

सरला जी : यह तो तय है कि वह लोग इनकी सेवा तो कुछ करेंगे नहीं, उल्टे उनके रहने व भोजन की व्यवस्था भी हमें ही करनी पड़ेगी। फिर भी मैं सोचती हूँ कि उन्हें देख कर पुष्पा माता जी के प्राण तो आसानी से निकल सकेंगे। आखिरी समय पर वह शान्त हो सकेंगी।

संचालिका जी: (भारी स्वर में) सही कह रही हैं आप! जबसे यहाँ पर आई हैं, हमने उन्हें बेटा–बेटी की याद में तड़पते ही देखा है । रजिस्टर से नम्बर देख कर उनके बेटे–बेटी को फोन कर दीजिए।

(सरला जी अलमारी से रजिस्टर निकालती हैं व उनके बेटे का फोन न. देखती हैं ।)

सरला जी : (पुष्पा माता जी के बेटे से) आपकी माताजी की गम्भीर अवस्था है। आप लोग आ जाइए।

(दूसरी तरफ की आवाज सुनने का अभिनय)

सरला जी : मैं आपको मात्र इसलिए फोन कर रही हूँ कि आप लोगों के आने से माता जी के प्राण शान्ति से निकल सकेंगे। (संचालिका जी से) कह रहा है कि मैं और मेरी बहन दोनों ही बहुत व्यस्त हैं।

संचालिका जी: उनकी बेटी को भी फोन कर दीजिए।

सरला जी : ठीक है। (पुष्पा माता जी की बेटी से) आपकी माताजी की गम्भीर अवस्था है । आप लोग आ जाइए ।

(दूसरी तरफ की आवाज सुनने का अभिनय, फोन रख देती हैं ।)

सरला जी : (संचालिका जी से) कह रही है कि आने का प्रयास करते हैं ।

संचालिका जी: अच्छा किया आपने, इतना कह दिया। हमारा फर्ज तो पूरा हो गया। आगे उनकी इच्छा व जमीर।

सरला जी : हाँ, जमीर ही ने सोचा होता तो वह लोग इन्हें यहाँ पर क्यों भेजते।

संचालिका जी: चलिए, चल कर उन्हें देख लेते हैं ।

(सरला जी व संचालिका जी दोनों लोग पुष्पा माता जी के पास जाती हैं । दोनों लोग उनके पास बैठ जाती हैं।)

संचालिका जी: माताजी! आपके बेटा और बेटी दोनों को ही फोन कर दिया है । बता भी दिया है कि आपकी तबियत बहुत खराब है । शायद वह लोग आ जाएँ ।

(पुष्पा माता जी की आँखों से आँसू निकलने लगे । वह बोलने की स्थिति में तो थीं नहीं ।)

संचालिका जी: (पुष्पा माता जी के सिर पर हाथ फेरते हुए) माताजी! शान्त हो जाइए ।

(दोनों लोग थोड़ी देर उनके पास बैठ कर वापस कार्यालय में आ जाती हैं ।)

संचालिका जी: हाँ, सरला जी! भारती जी के क्या हाल हैं?

सरला जी : ठीक हैं । उनका बेटा अर्जुन उनसे मिलने आया था । उनसे माफी माँग रहा था व घर चलने के लिए कह रहा था किन्तु भारती जी तैयार नहीं हुईं ।

मुझे लगता है कि धीरे–धीरे स्थिति सामान्य हो जाएगी । उनसे मैंने कहा कि वह वृद्धावस्था पेन्शन का फार्म भर दें । इसके लिए उनका आधार कार्ड व फोटो आदि लेकर उनका बेटा आज शाम को आ जाएगा । फोटो नहीं भी हुई तो यहीं खिंचवा लेंगे ।

मैं ऐसा करती हूँ कि आज उनका फार्म भरवा लेती हूँ । आज आधार कार्ड आ जाएगा । कल उनका फार्म हम जमा करवा देंगे ।

संचालिका जी: बिल्कुल ठीक है । एक आमदनी का स्थायी जरिया तो हो जाएगा न ।

सरला जी : यह तो आपको पता ही है कि भारती जी ने मकान अपने बेटे के नाम करवा दिया था । अपने बैंक खातों में भी लड़के के साथ ज्वाइन्ट एकाउन्ट कर रखा है ।

संचालिका जी: ज्वाइन्ट एकाउन्ट में तो आइदर ऑर सर्वाइवर होगा न ।

सरला जी : हाँ, लेकिन———— ।

संचालिका जी: तब कोई दिक्कत नहीं है । अपने बचत खाते से पैसा निकाल कर या तो फिक्स कर लें या दूसरे बैंक में पैसा डाल दें ।

सरला जी : प्रश्न केवल बचत खाते का नहीं है। उन्होंने अपने सभी सावधि जमा खातों में भी अर्जुन के साथ ज्वाइन्ट एकाउन्ट किया है। भला यह है कि खातों में निकासी के लिए आइदर और सर्वाइवर का विकल्प दिया है।

संचालिका जी : इसके लिए क्या किया जा सकता है, यह जानने के लिए बैंक में बात करनी होगी। सर्टिफिकेट किसके पास हैं?

सरला जी : सारे सर्टिफिकेट आदि तो भारती जी के घर पर ही हैं, उनकी अलमारी में।

संचालिका जी: यह तो अच्छा है। अलमारी की चाभी तो इन्हीं के पास होगी।

सरला जी : नहीं! सब खुला है इनके पास कुछ नहीं है। मैंने देखा कि अभी तो लड़का भावनाओं में बह रहा है। इसलिए भारती जी से फोन करवा दिया कि आधारकार्ड के साथ ही इनके सारे कागजातों की फाइल व चेकबुक आदि भी अर्जुन ले आए।

संचालिका जी: सरला जी! यह आपने बहुत अच्छा किया। कल इनका वृद्धावस्था पेन्शन के लिए फार्म जमा करवा कर एक दिन भारती जी के साथ आप बैंक चली जाइएगा।

सरला जी : ठीक है। अभी तो उन्हें वृद्धावस्था पेंशन का फार्म भिजवा देते हैं, फिर मैं घर जाऊँगी, सुबह बहुत जल्दी निकली हुई हूँ।

(सरला जी अलमारी से वृद्धावस्था पेन्शन का एक फार्म निकालती हैं। घंटी बजाती हैं।)

(चपरासिन का प्रवेश)

सरला जी : (चपरासिन को फार्म देते हुए) इस फार्म को नई आई हुई भारती माताजी को दे आओ। उनसे कहना कि यह वृद्धावस्था पेन्शन का फार्म है, इसे पढ़ लें। कल आकर मैं भरवा दूँगी।

(चपरासिन का प्रस्थान)

संचालिका जी : सरला जी! एक बात है, भारती जी और अर्जुन के नाम जो सावधि खाते के ज्वाइन्ट एकाउन्ट हैं, उनका ब्याज किसके खाते में जाता है, यह पता करना होगा। अगर ब्याज भारती जी के खाते में जाता है, तब ब्याज से उनकी आय अगर वृद्धावस्था पेंशन की पात्रता सीमा से अधिक हुई, तब वह आवेदन नहीं कर सकती हैं।

सरला जी : अभी तो उन्हें फार्म ही भेजा है, उन्हें पढ़ने दीजिए। कल इस सम्बन्ध में उनसे बात करेंगे।

पट–परिवर्तन

(दृश्य आठ)

(घर का दृश्य है। विमला अकेली कुर्सी पर बैठी है।)

विमला : (अपने आप से) मैंने सास को बाहर करके पति को खो दिया। क्या किया जाए? अर्जुन घर में बुझे–बुझे से रहते हैं। उनका खाना–पीना भी बहुत कम हो गया है।

(अर्जुन का प्रवेश, चेहरे पर उदासी छाई है।)

(आकर बैठ जाता है।)

विमला : चलो, चलकर माँजी से मिल आवें।

अर्जुन : (कुछ देर तो चुप रहा) तुम्हें जाने की कोई जरूरत नहीं है। मैं ही जाकर मिल आऊँगा।

(अर्जुन ने अलमारी से भारती जी का आधार कार्ड व बैंक के कागजात निकाले व एक थैले में रख लिए।)

विमला : यह सब कागज क्यों निकाल रहे हो?

अर्जुन : माँ ने मँगवाएँ हैं। मैं अभी इन्हें अपनी गाड़ी में रख लेता हूँ। शाम को ऑफिस से सीधा माँ के पास चला जाऊँगा।

ज्ञान : दादी इस समय कहाँ पर हैं?

विमला : बताया तो था तुम्हें।

ज्ञान : आपने बताया था कि दादी किसी के साथ तीर्थयात्रा पर गई हैं।

विमला : हाँ!

ज्ञान : लेकिन अभी तो पापा कह रहे हैं कि वह ऑफिस से सीधे दादी के पास जाएँगे। इसके मतलब दादी यहीं पर इसी शहर में हैं।

विमला : (कुछ गुस्से में) तुम्हें बड़े लोगों की बातों से कोई मतलब नहीं है। अपना पढ़ो, खेलो।

ज्ञान : पापा! सच बताइए न, दादी कहाँ हैं? उनकी बहुत याद आती है।

अर्जुन : (अर्जुन कुछ क्षण तो उन्हें देखता रहा।) बेटा! दादी जिनके साथ तीर्थ यात्रा पर गई थीं, वापस आ कर अभी उन्हीं के यहाँ पर रुकी हैं। उनके घर पर कथा है, मैं आज वहीं पर जाऊँगा।

ज्ञान : पापा! मैं भी चलूँगा। आज तो हम लोगों की छुट्टी है।

अर्जुन : बेटा! मैं तो ऑफिस से ही चला जाऊँगा। तुम्हें फिर किसी दिन ले चलेंगे।

(अर्जुन कागजों का थैला लेकर बाहर चला गया व थैला गाड़ी में रख कर ऑफिस चला गया।)

(ज्ञान व उसकी छोटी बहन अंकिता आपस में बातें कर रहे हैं।)

ज्ञान : कितने दिन हो गए कहानी सुने हुए। जब दादी आ जाएँगी, तब ढेर सारी कहानियाँ सुनेंगे।

अंकिता : कहानियाँ ही क्यों? दादी प्यार भी तो बहुत करती हैं।

ज्ञान : अगर आज दादी पापा के साथ आ जाएँ तो कितना मजा आए।

अंकिता : हाँ! तब खूब ऊधम मचाएँगे। उनके सामने तो मम्मी–पापा भी कुछ नहीं बोल पाते हैं।

पट–परिवर्तन

(दृश्य नौ)

(भारती जी के कमरे का दृश्य है। भारती जी और अर्जुन बैठे बातें कर रहे हैं।)

अर्जुन : माँ! मैं बहुत सौभाग्यशाली हूँ। मेरे द्वारा इतनी बड़ी गलती करने पर भी तुमने मुझे क्षमा कर दिया। मैं जिस तरह से तुम्हें घुमाने के बहाने वृद्धाश्रम दिखाने के लिए लाया था, उसके लिए क्या भगवान भी मुझे कभी क्षमा करेंगे।

आज मुझे समझ में आया कि सही बात है कि माता–पिता भगवान से भी बढ़कर होते हैं, विशेषकर माता की तो तुलना हो ही नहीं सकती। उसमें भी तुम्हारे जैसी माता मिलना तो दुर्लभ है।

मैंने अपने पिता को तो देखा नहीं, किन्तु तुमने मुझे माता–पिता, भाई–बहन सभी का भरपूर प्यार दिया है। और————मैं?

चलो————दो पंक्तियाँ सुनाता हूँ,

'ईश्वर से भी प्यारा कौन आता है?

आता है, आता है––और वह मेरी माता है।'

भारती जी : बहुत मक्खन लगा चुका। सीधे ऑफिस से आ रहा है न।

अर्जुन : हाँ माँ! मैं खाने–पीने का सामान ले आया हूँ। मुझे पता था कि मुझे देखते ही तुम मेरे खाने की चिन्ता करोगी।

(अन्दरसा व फल निकालता है।)

भारती जी : अरे वाह अन्दरसा।

(दोनों लोग खाते हैं। अर्जुन उनके बैंक सर्टिफिकेट्स, चेकबुक व आधारकार्ड आदि उनको देता है।)

अर्जुन : माँ! आपने यह सारे सर्टिफिकेट्स मँगवा तो लिए, लेकिन आपके पास कोई अलमारी तो है नहीं।

भारती जी : यह दीवाल में बनी हुई अलमारी तो है न।

अर्जुन : मैं एक काम करता हूँ। जाकर एक अच्छा सा ताला लाकर अभी देता हूँ। जब आप कमरे के बाहर जाती हैं, तब ताला बन्द करके जाती होंगी न! ताला आश्रम का है क्या?

भारती जी : नहीं, मेरा ताला है। जब आई थी, तब बाजार जाकर कुछ कपड़े, ताला व अन्य आवश्यक सामान ले आई थी।

अर्जुन : तब मैं केवल अलमारी के लिए ताला लाकर दे देता हूँ।

भारती जी : अरे बेटा! अभी थका होगा। फिर जब आना, तब ले आना।

अर्जुन : माँ! तुम बहुत भोली हो।

(अर्जुन तेजी से चला जाता है।)

(कमला जी का प्रवेश)

कमला जी : बहन जी! मन लग गया?

भारती जी : हाँ, अच्छा लग रहा है यहाँ पर। एडजस्ट होने में थोड़ा समय तो लगेगा।

कमला जी : एक बात बताऊँ आपको। यहाँ पर चाहे कितनी भी सुख–सुविधाएँ क्यों न मिल जाएँ किन्तु अपना घर अपना ही होता है। हम लोगों ने स्वयं ईंट–ईंट करके घर बनाया था। उसे कैसे भूल सकती हूँ।

सब समय की बात है। कभी सोचा भी नहीं था कि मुझे वृद्धाश्रम में रहना पड़ेगा।

भारती जी : बहन जी! एक बात कहूँ।

कमला जी : कहिए न।

भारती जी : आप तो सदा हँसती रहती हैं। देखने में तो लगता नहीं है कि आपको कोई मानसिक परेशानी है।

कमला जी : आप ही नहीं इस बात को सब लोग कहते हैं। खुश रहना मेरी आदत है। यों मेरी परिस्थिति आप सुनें तो सन्न रह जाएँगी। मैंने बहुत दुःखी होकर घर छोड़ा है। मेरी तीनों बहुएँ मेन्टल हैं।

(आश्चर्य से भारती जी का मुँह खुला रह गया।)

भारती जी : तीनों बहुएँ मेन्टल?

कमला जी : हाँ भारती जी! यह तो मेरे ही लड़के हैं जो एडजस्ट कर रहे हैं। मैंने तो उनसे कई बार कहा कि इन्हें छोड़ दो, पर आजकल बच्चे अपनी कहाँ सुनते हैं।

और–––––अब तो सबके बच्चे भी हो गए हैं। अब तो वह अपनी पत्नियों को छोड़ भी नहीं सकते हैं।

रह गईं न हतप्रभ। किस सोच में डूब गईं। मैंने कहा था कि मेरी कहानी सुनकर हर कोई अपने दाँतों तले उँगली दबा लेता है।

(दरवाजा खटखटाने की आवाज आती है।)

(भारती जी उठकर दरवाजे के पास तक गईं। उन्होंने आगन्तुक की ओर प्रश्नवाचक निगाहों से देखा।)

आगन्तुक : कमला माता जी यहाँ पर हैं क्या?

भारती जी : हाँ जी।

आगन्तुक : वह मेरी माता जी हैं। उन्हें भेज दीजिए।

(अपने बेटे की आवाज सुनकर कमला जी बाहर आ जाती हैं।)

कमला जी : भारती जी! यह मेरा बेटा आदित्य है। प्यार से हम लोग इसे बॉबी कहते हैं।

अच्छा तो मैं चलती हूँ, फिर मिलेंगे।

(अर्जुन थोड़ी ही देर में लौट कर आता है व भारती जी को ताला थमाते हुए)

अर्जुन : माँ! अभी तो मैं जा रहा हूँ। आपका अन्य सामान जैसे कपड़े, किताबें आदि मैं अभी नहीं लाना चाहता हूँ।

भारती जी : क्यों?

अर्जुन : क्योंकि मैं चाहता हूँ कि आप घर चलें।

भारती जी :(थोड़े तेज शब्दों में) बहुत बकबक करता है। मैं उस घर में अब कभी नहीं जाऊँगी।

(अर्जुन चला जाता है।)

(भारती जी उठ कर अन्दर से दरवाजा बन्द करती हैं व लाइट बन्द करके लेट जाती हैं ।)

(मंच पर रात्रि का दृश्य है । बाहर बरामदे में हल्की लाइट जल रही है।)

पट–परिवर्तन

(दृश्य दस)

(सुबह का समय है। भारती जी अपने कमरे में कुर्सी पर बैठी कुछ पढ़ रही हैं।)

(दरवाजा खटखटाने की आवाज आती है।)

भारती जी : आती हूँ ।

(भारती जी दरवाजा खोलती हैं ।)

भारती जी : (चहककर) आओ जी आओ सरला!

सरला जी : आज तुम्हें चहकता देखकर बहुत खुशी हुई। भारती! नाश्ता कर लिया।

भारती जी : हाँ।

सरला जी : आज क्या बना था?

भारती जी : आज तो नाश्ते में दलिया बना था। यह अच्छा है कि यहाँ पर बदल–बदल कर नाश्ता बनता है।

सरला जी : सुनकर अच्छा लग रहा है ।

भारती जी : अर्जुन मेरे कागजात दे गया है । मैंने वृद्धावस्था–पेन्शन का फार्म भर दिया है । आधारकार्ड की फोटोकॉपी करवा लेंगे, फोटो भी मिल गई है।

सरला जी : फार्म तो तुमने ठीक से पढ़ ही लिया होगा।

भारती जी : हाँ! ठीक से पढ़ कर ही भरा है।

सरला जी : उसमें आय–सीमा के बारे में भी लिखा होगा?

भारती जी : मेरी तो कोई आय ही नहीं है ।

सरला जी : तुम्हारे जो एफ.डी. हैं। उनका ब्याज तो तुम्हारे ही खाते में जाता होगा न।

भारती जी : नहीं, अर्जुन के वयस्क हो जाने के बाद ज्वाइन्ट एकाउन्ट के साथ ही मैंने ब्याज उसी के बचत खाते में जाने का विकल्प दिया था। अपने आयकर रिटर्न में वह इन खातों के ब्याज को भी दर्शाता है।

सरला जी : धन्य हो तुम, धन्य हो महारानी! तुम्हारी बुद्धि पर पत्थर पड़े हुए हैं। अब भी चेत जाओ तो ठीक है, आज तुम्हें किसी के साथ समाज कल्याण कार्यालय भेज देंगे। वहाँ पर यह फार्म जमा कर देना। शेष तुम्हें किसी सामान की आवश्यकता हो तो बताना।

भारती जी : ठीक है सरला! यहाँ पर एक कमला माता जी रहती हैं न। उनके तीन लड़के हैं?

सरला जी : हाँ, उन्होंने क्या बताया उनके बारे में।

भारती जी : लड़कों के बारे में तो इतना ही कहा कि एक लड़का विदेश में हैं, बाकी दोनों लड़के यहीं पर हैं। उनके द्वारा बनाए हुए मकान में बाकी दोनों लड़के अपने बच्चों के साथ रह रहे हैं। जो लड़का विदेश में है उसने अपने पोर्शन में किराएदार रखे हुए हैं।

सरला जी : (सरला जी हँसते हुए) तुम कुछ छुपा रही हो ?

भारती जी : क्या छुपा रही हूँ?

सरला जी : मेन्टल (कहते हुए सरला जी खिलखिला कर हँस पड़ीं।)

भारती जी : हाँ, यह भी बताया था कि उनकी तीनों बहुएँ मेन्टल हैं।

सरला जी : भारती! एक बात बताओ कि क्या यह सम्भव है कि किसी की तीनों बहुएँ मेन्टल हों।

भारती जी : नहीं, यही तो मैं भी सोच रही हूँ ।

सरला जी : इनके तीनों बेटों से अलग–अलग हमने बात की तो निष्कर्ष यह निकला कि कमला जी में ही कमी है। यह चाहती हैं कि बेटे अपनी पत्नियों को छोड़ दें।

भारती जी : हाँ, यह तो मुझसे भी कह रही थीं।

सरला जी : यही बात है और इनके स्वभाव को देखते हुए इनके पति ने मकान की रजिस्ट्री तीनों बेटों के नाम ही की, जिससे यह बाद में लड़कों को तंग न करें।

भारती जी : इनके लड़के यहाँ पर इनसे मिलने आते हैं। कभी–कभी बहुएँ भी आती होंगी?

सरला जी : नहीं भारती! बहुओं को यह यहाँ पर नहीं आने देती हैं। यह पढ़ी–लिखी हैं, नौकरी भी करती थीं। इनके लड़के बताते हैं कि इन्होंने उनका पालन–पोषण भी ठीक प्रकार से किया, किन्तु यह अपनी बहुओं व पोता–पोती को बर्दाश्त नहीं कर पाती हैं।

भारती जी : पोता–पोती भी इन्हें अच्छे नहीं लगते हैं। असल में यह एक तरह का मानसिक रोग है। यह अपने लड़कों का प्यार बँटते हुए नहीं देख सकतीं। बहुएँ आयीं तो लड़कों का झुकाव उनकी तरफ हुआ। वह उनसे बर्दाश्त नहीं हुआ।

जब इनके पोता–पोती हो गए, तब लड़कों का झुकाव और भी ज्यादा अपने बच्चों की तरफ हो गया।

सरला जी : ठीक कह रही हो तुम! हर तरह के लोग होते हैं। सदा बच्चों को दोष देना ही ठीक नहीं होता है।

भारती जी : इनके पोता–पोती भी कभी नहीं आते हैं?

सरला जी : एक बार इनका लड़का अपने एक बच्चे को लेकर आ गया। तब इन्होंने अपने बेटे को बहुत डाँटा व वापस भेज दिया।

भारती जी : (अपना सिर पकड़ते हुए) कमाल है। ऐसा तो पहली बार सुन रही हूँ।

सरला जी : अभी यहाँ पर रहते हुए बहुत कुछ ऐसा देखोगी व सुनोगी, जो पहले कभी देखा व सुना न होगा। (उठते हुए) तुम तैयार होकर ऑफिस में आ जाओ, तुम्हें समाज कल्याण कार्यालय में भेज देते हैं।

भारती जी : मैं तैयार हूँ ही, अभी आती हूँ।

पट–परिवर्तन

(दृश्य ग्यारह)

(अर्जुन का घर में प्रवेश। बच्चे उससे लिपट जाते हैं।)

अंकिता : पापा! दादी कहाँ हैं?

विमला : अभी पापा थके हुए आए हैं। जाकर सो जाओ तुम लोग।

ज्ञान : पापा बस इतना बता दीजिए कि दादी कहाँ हैं? आपके साथ क्यों नहीं आईं? कब लाएँगे उन्हें?

अर्जुन : आज अभी तक सोए नहीं तुम लोग।

अंकिता : हम लोग तो आपका इन्तजार कर रहे थे।

• 31 •

अर्जुन : बेटा! जिनके यहाँ दादी रुकी हैं, उनके यहाँ कथा के बाद अब कीर्तन का कार्यक्रम है, इसलिए वह उन्हीं के घर पर रुकी हैं । अब जाओ तुम लोग सो जाओ ।

अंकिता : लेकिन पापा कल दादी को जरूर ले आइएगा ।

(बच्चे सोने के लिए चले जाते हैं । अर्जुन कपड़े बदल कर आता है, तब तक विमला खाना लगा देती है । दोनों खाना खाते हैं ।)

अर्जुन : अब बताओ विमला! इन बच्चों को क्या जवाब दें?

(विमला कुछ नहीं बोलती है, चुप रहती है ।)

अर्जुन : सोचो, जब बच्चों को असलियत पता चलेगी तब हम उनसे क्या कहेंगे?

विमला : कहेंगे क्या? आखिर इतने वृद्धाश्रम खुले हैं, उनमें लोग रहते ही हैं ।

अर्जुन : जो लोग अविवाहित हैं या जिनके बच्चे नहीं हैं । यह वृद्धाश्रम उनके लिए होते हैं । वैसे मेरा मानना तो यह है कि अविवाहित और सन्तानहीन वृद्धों को भी उनके मित्रों या रिश्तेदारों को अपने पास ही रखना चाहिए ।

विमला : तुम्हारी बात तो ठीक है, लेकिन माता जी को टी. बी. है । बच्चे उनसे चिपक चिपक कर कहानी सुनते हैं । ऐसी अवस्था में क्या बच्चे भी बीमार नहीं हो जाते ।

अर्जुन : तुम्हारी बात ठीक है । इस बारे में हम अगर स्वयं माँ से न भी कह पाते तो डॉक्टर द्वारा कहलवा कर उनको समझाया जा सकता था । डॉक्टर उन्हें समझा सकते थे कि बीमारी की अवस्था में उन्हें अपने से बच्चों को थोड़ा दूर रखना चाहिए ।

इस बात को बच्चों को भी समझाया जा सकता था कि दादी से थोड़ा दूर रह कर बातें करो अन्यथा तुम्हें भी खाँसी आ सकती है ।

विमला : तब उस समय क्यों नहीं समझाया? क्या सारी गलती मेरी ही है । मैं तो उनकी बहू हूँ। बहुएँ तो चाहे जितना भी कर दें, वैसे ही बदनाम रहती हैं।

अर्जुन : बात तो तुम्हारी ठीक है। जन्म तो उन्होंने मुझे दिया है। मेरी बुद्धि भी पता नहीं कहाँ घास चरने चली गई थी।

पट–परिवर्तन

(दृश्य बारह)

(नेपथ्य से आवाज आती है ।)

(पुष्पा माताजी के बेटा और बेटी दोनों ही आ गए। उनको देख कर पुष्पा माता जी के आँसू निकलने लगे। कुछ ही देर बाद उन्होंने प्राण त्याग दिए। उस समय सुबह के सात बजे थे।

आश्रम के गार्ड ने संचालिका जी को फोन किया । संचालिका जी ने सरला जी तथा प्रबन्ध समिति के अन्य लोगों को बताया व वह स्वयं आश्रम में आ गयीं ।

सरला जी व प्रबन्ध समिति के कुछ अन्य लोग भी आ गए थे ।

आश्रम की तरफ से उनके अन्तिम संस्कार की सारी व्यवस्था कर दी गई थी ।)

(बहुत से लोग खड़े हैं ।)

सरला जी : (पुष्पा माता जी के बेटे से) आप पुष्पा माताजी को मुखाग्नि देंगे?

बेटा : क्यों नहीं दूँगा मुखाग्नि? मैं उनका बेटा हूँ । बेटा ही तो मुखाग्नि देता है ।

(सरला जी, संचालिका जी व अन्य आसपास खड़े हुए लोग मुस्कराने लगे ।)

भारती जी : (कुछ चिढ़ते हुए धीरे से सरला जी से) बेटे हो, तो अभी तक कहाँ थे? मृतक को अग्नि देने का अर्थ है कि बेटे ने जीवन भर सेवा की । अब अन्तिम समय पर वह मुखाग्नि देकर अपना फर्ज पूरा करता है ।

(सरला जी ने इशारे से भारती जी को चुप किया ।)

पट–परिवर्तन

(दृश्य तेरह)

(नेपथ्य से आवाज आती है ।)

(शमशान घाट से सब लोग वापस आ गए ।)

(आश्रम के कार्यालय का दृश्य है । पुष्पा माता जी का बेटा प्रभात और बेटी रूपा भी कार्यालय में बैठे हैं ।

सरला जी : (पुष्पा माताजी के बच्चों से) आप लोगों के लिए रहने की व्यवस्था आश्रम के गेस्ट रूम में कर दी गई है और भोजन की व्यवस्था भी है । आपका नाम क्या है?

प्रभात : मेरा नाम प्रभात है और यह मेरी बहन है, इसका नाम रूपा है ।

(तभी भारती जी किसी काम से संचालिका जी के पास आती हैं । संचालिका जी उन्हें बैठने का इशारा करती हैं । वह बैठ जाती हैं ।)

प्रभात : माताजी के कमरे में जो सामान माताजी द्वारा खरीदा हुआ है । उसे हम बेच दें?

सरला जी : जैसी आपकी इच्छा? वैसे आप करते क्या हैं?

प्रभात : मैं साफ्टवेयर इंजीनियर हूँ ।

संचालिका जी: तब तो अच्छा पैकेज होगा?

प्रभात : मैं प्राइवेट नौकरी में नहीं हूँ । इंडियन रेलवेज में हूँ ।

सरला जी : तब तो और भी अच्छा है । वेतन के अतिरिक्त और भी सुविधाएँ मिलती हैं ।

संचालिका जी :(पुष्पा माताजी की बेटी रूपा की और देखती हुई) आप भी कहीं पर सर्विस करती हैं?

रूपा : हाँ, मैं बैंक ऑफ बड़ौदा में ब्रान्च मैनेजर हूँ ।

संचालिकाजी: और आपके पति?

रूपा : वह भी उसी बैंक में ब्रान्च मैनेजर हैं। दोनों की शाखाएँ अलग–अलग हैं । शहर एक है । माताजी की बैंक की पास बुक, चेकबुक व अन्य कागजात किसके पास हैं?

संचालिकाजी: जब तक माताजी स्वयं सम्भाल सकती थीं, तब तक तो वही अपना सब कुछ देखती थीं । इधर कुछ दिनों से हमने उनके बैंक के कागज अपने पास रख लिए हैं, ताकि उनका दुरुपयोग न हो सके, लेकिन हमने उसमें से कोई पैसा निकलवाया नहीं है ।

करीब वर्ष भर से उनके सारे खर्चों का वहन आश्रम ही कर रहा है । उनकी बीमारी की सूचना भी आप लोगों को दी थी किन्तु आप लोगों में से कोई आया ही नहीं ।

प्रभात : क्या करें, इतनी व्यस्तता है ।

संचालिकाजी: खैर————आगे भी सुनिए, हमारे एकाउन्टेन्ट ने इस वर्ष भर में हुए उनके ऊपर हुए खर्च का ब्यौरा बना लिया है । आप चाहें तो दे दें अन्यथा आश्रम ही वहन करेगा ।

रूपा : पहले तो आज जाकर उनके बैंक खाते देखते हैं । उनके खाते में पैसा तो होगा ही । पापा की सरकारी नौकरी थी । इसलिए उनके खाते में पेन्शन तो जाती ही होगी ।

सरलाजी : आपको बैंक जाने की जरूरत नहीं है । हम बैंक के किसी कर्मचारी को ही यहाँ पर बुला देते हैं ।

रूपा : ठीक है ।

(सरला जी अलमारी से पुष्पा माताजी के बैंक के कागजात निकालती हैं व बैंक में फोन करती हैं व कहती हैं ।)

सरला जी : मैं महिला वृद्धाश्रम से बोल रही हूँ। हमारे यहाँ एक माता जी का देहान्त हो गया है । उनका खाता आपके बैंक में है । मैनेजर साहब से हमारी बात करवा दीजिए ।

(दूसरी तरफ की आवाज सुनने का अभिनय)

सरला जी : हम उनका नाम व खाता संख्या बता रहे हैं । उनके सारे कागजात हमारे पास हैं । उनके बेटा–बेटी आए हुए हैं । क्या आप देख कर बता सकते हैं कि उन्होंने नामांकन किसके नाम पर किया हुआ है व क्या आप किसी को यहाँ पर भेज सकते हैं?

(दूसरी तरफ की आवाज सुनने का अभिनय)

सरला जी : ठीक है हम उनकी सेविंग एकाउन्ट की पासबुक दे कर अपने एक कर्मचारी को भेज रहे हैं।

सरला जी : बैंक मैनेजर ने कहा है कि लंच के बाद वह किसी कर्मचारी को पूरी जानकारी के साथ आश्रम में भेज देंगे। अभी हम उनकी सेविंग एकाउन्ट की पासबुक दे कर अपने कर्मचारी को बैंक में भेज देते हैं ।

रूपा : ठीक है ।

(सरला जी कागजों को देखने लगती हैं ।)

प्रभात : अभी तो बैंक वाले तीन बजे के बाद ही आवेंगे । तब तक हम लोग माताजी के कमरे में देख लेते हैं । उनके द्वारा जो सामान खरीदा गया हो, वह हम बेच देते हैं । अगर आश्रम में किसी माता को जरूरत होती है तब वह खरीद ले, अन्यथा कबाड़ी को दे देंगे।

भारती जी : शर्म नहीं आती है, तुम्हें। अन्त समय तक आश्रम ने उनकी पूरी देखभाल की, सेवा की । तुम लोग अच्छा–खासा कमा रहे हो । सामान बेच देंगे, कबाड़ी को दे देंगे ।

प्रभात : (कुछ चिढ़ते हुए) ऊँह, यह आश्रम वाले तो चाहते हैं कि सब कुछ इन्हें ही मिल जाए ।

भारती जी : आश्रम ने तुम्हारी माता के लिए इतना किया, उसके लिए शुक्रगुजार तो हो नहीं, उल्टे यह कह रहे हो कि आश्रम लूटना चाहता है ।

रूपा : छोड़ो प्रभात! रहने दो सामान । बहनजी! हम लोग गेस्ट रूम में ही हैं, जब बैंक वाले आ जाएँ तब हमें बुला लीजिएगा ।

सरला जी : ठीक है ।

(वह लोग चले जाते हैं ।)

(गेस्टरूम में पहुँच कर प्रभात रूपा से कहता है)

प्रभात : तुम कैसी बैंक मैनेजर हो, तुम्हारे पास दिमाग नहीं है क्या? चलो हम लोग बैंक में चलकर स्वयं देखते हैं । यहाँ पर तो पता नहीं कौन आएगा, कौन नहीं ।

रूपा : ठीक कहते हो तुम । चलो चलते हैं बैंक ।

(दोनों लोग आश्रम के बाहर जाने लगते हैं ।)

रूपा : (गार्ड से) अभी हम लोग एक घण्टे में आ रहे हैं ।

गार्ड : ठीक है बहनजी!

(दोनों लोग आश्रम के बाहर चले जाते हैं ।)

पट–परिवर्तन

(दृश्य चौदह)

(बैंक का दृश्य है । ब्रान्च मैनेजर बैठे हैं । मेज पर कम्प्यूटर रखा है ।)

रूपा : (ब्रान्च मैनेजर से) मैं बैंक ऑफ बड़ौदा में दिल्ली में ब्रान्च मैनेजर हूँ।

बैंक मैनेजर : बैठिए ।

रूपा : मेरी माता पुष्पा जी का देहान्त हो गया है । यह मेरा भाई है । उनकी खाता संख्या हमें याद नहीं है । कृपया देख कर बता दीजिए कि उन्होंने अपने बचत खाते तथा सावधि खातों में किसका नामांकन किया है?

बैंक मैनेजर : हाँ, अभी आश्रम की संचालिका जी का भी फोन आया था, उन्होंने डिटेल भी भेज दिया था। मैंने सब देख लिया है । आप चाहें तो खुद देख लीजिए । उन्होंने आपने सभी खातों में नामांकन आश्रम के ही नाम किया है । कहते हुए बैंक मैनेजर कम्प्यूटर का मुँह रूपा की तरफ घुमा देते हैं ।

(रूपा देखती है ।)

रूपा : ठीक है । हम लोग चलते हैं ।

(दोनों लोग बैंक से चले आते हैं ।)

पट–परिवर्तन

(दृश्य पन्द्रह)

(रूपा और प्रभात का आश्रम में प्रवेश)

(आश्रम पहुँच कर दोनों लोग कार्यालय में जाते हैं।)

रूपा : बहनजी! हम लोग आज ही वापस हो जाते हैं ।

संचालिका जी : और आपकी माता जी के कमरे का सामान?

प्रभात : रहने दीजिए, आश्रम के काम आएगा ।

सरला जी : अभी बैंक वाले आएँ, तब उनसे मिल कर जाइएगा ।

रूपा : हम लोग बैंक हो आए । माता जी ने अपना सारा पैसा आश्रम के नाम नामांकित कर दिया है । अच्छा ही है, वैसे भी हम लोगों के पास तो काफी है। यह पैसा बेसहारा लोगों के काम आए तो अच्छा है।

सरला जी : (व्यंग्य से) बेसहारा लोगों के लिए।

रूपा : मेरा मतलब है, वृद्धाश्रम में आने वाली माताओं के लिए ।

संचालिका जी: एक बात पूछूँ । बुरा मत मानिएगा।

रूपा : पूछिए ।

संचालिका जी: आप लोगों ने माता जी को वृद्धाश्रम में क्यों छोड़ दिया था?

प्रभात : मैं और मेरी पत्नी दोनों ही सर्विस करते हैं । यही स्थिति रूपा के साथ भी थी । इसलिए हमने सोचा कि उन्हें वृद्धाश्रम में रख दें । उनको अपने संगी–साथी भी मिल जाएँगे व उनका मन भी लगा रहेगा ।

सरला जी : आप लोगों के बच्चे भी होंगे?

प्रभात : जी हाँ ।

सरला जी : जब आप दोनों लोग नौकरी करने जाते थे, तब बच्चे कहाँ रहते थे?

प्रभात : बच्चों के लिए दिन भर की आया रखी हुई थी । वह बच्चों को देखती थी ।

संचालिका जी: अच्छा तो आप लागों ने बच्चों के लिए आया रखी हुई थी, उन्हें अनाथालय में नहीं डाला था ।

प्रभात : (उठकर खड़े होते हुए कुछ उत्तेजना के साथ) क्या कह रही हैं आप । हमारे बच्चे अनाथालय में रहते । हम इतने समर्थ हैं, अपने बच्चों को अनाथालय में क्यों डालते?

संचालिका जी: आप समर्थ हैं, लेकिन माँ को तो अनाथालय में रखा ।

रूपा : हमने माँ को अनाथालय में रखा? हमने तो उन्हें कभी अनाथालय में नहीं रखा ।

सरला जी : वृद्धाश्रम क्या है? बूढ़े लोगों का अनाथालय ही तो है ।

(रूपा और प्रभात दोनों सन्न रह गए । वह एक–दूसरे की ओर देखने लगे । उनकी निगाहें नीची हो गईं । थोड़ी देर मौन छाया रहा ।)

रूपा और प्रभात एक साथ: हमसे गलती हुई है ।

रूपा : बहन जी! हम लोग अब जन–जन तक संदेश पहुँचाएँगे कि अन्य लोग अपने माता–पिता को वृद्धाश्रमों में न भेजें । माँ ने हम लोगों के लिए किया तो बहुत, लेकिन उन्होंने जताया नहीं। इसलिए हम लोग समझ नहीं पाए । पापा के देहान्त के बाद भी जब हम उन्हें वृद्धाश्रम भेज रहे थे, तब भी उन्होंने कुछ नहीं कहा।

प्रभात : उन्होंने हम लोगों को पढ़ाई के लिए केवल पैसे ही नहीं दिए । जब हम लोग पढ़ते होते थे तब वह किसी के आ जाने पर भी दूसरे कमरे में बैठकर भी धीमे स्वर में बात करती थीं, ताकि हम लोग डिस्टर्ब न हों । हम लोगों के कारण ही वह टी. वी. में अपने मनपसन्द कार्यक्रम नहीं देखती थीं । हालाँकि हम लोगों को अपने

मनपसन्द कार्यक्रमों को देखने से उन्होंने कभी नहीं रोका ।

रूपा : माँ का टी. वी. में कार्यक्रम न देखने का एक ही कारण था कि हम लोगों की टी. वी. देखने की अधिक आदत न पड़े । हमें अपने कार्यक्रम देखने के लिए न रोकने का कारण यह था कि हम मायूस न हों, बन्धन न महसूस करें । माँ एक मनावैज्ञानिक थीं।

प्रभात : हाँ रूपा! कह तो तुम सही रही हो, किन्तु जब हम उन्हें वृद्धाश्रम भेज रहे थे, तब उन्होंने एक बार तो अपना विरोध जताया होता । यही कहा होता कि हमने तो तुम्हें अनाथालय में नहीं रखा था, तुम लोग मुझे अनाथालय में क्यों रख रहे हो ।

रूपा : जो अपराध हमने किया है, उसका तो अब कोई इलाज नहीं हो सकता है । समय रहते तो हम चेते नहीं । यह हो सकता है कि हम अपनी गलती खुलेआम समाज के सामने स्वीकारें । कुछ ऐसा करें कि आगे ऐसा कुकृत्य लोग न करें ।

(दोनों लोग उठ कर गेस्ट रूम में चले जाते हैं ।)

(रूपा गेस्टरूम में आ कर लेट जाती है व प्रभात कागज–पेन ले कर कुछ लिखने लगता है ।)

(मंच पर बरामदे का दृश्य दिखाया जाता है । कुछ औरतें आपस में बातें कर रही हैं। अस्पष्ट से स्वर सुनाई पड़ते हैं ।)

(थोड़ी देर बाद)

रूपा : (उठते हुए) अरे, मैं तो सो गई थी ।

प्रभात : अच्छा किया, थकान दूर हो गई। (कागज दिखाते हुए) देखो मैंने क्या लिखा है।

(पढ़ कर रूपा की आँखों से आँसू निकलने लगे)

(संचालिका जी और सरला जी का प्रवेश)

संचालिका जी: आप लोगों का क्या कार्यक्रम है?

प्रभात : आज शाम की फ्लाइट है ।

रूपा : (कागज दिखाते हुए) देखिए बहनजी! प्रभात ने मातृचेतना से सम्बन्धित कुछ वाक्य लिखे हैं।

संचालिका जी: पढ़ कर सुना दो, मेरा चश्मा कार्यालय में ही है ।

रूपा : (कागज हाथ में ले कर पढ़ कर सुनाती है ।)

* जीवन के अँधेरे पथ पर सूरज बन कर रोशनी करने वाले माँ–बाप की जिन्दगी में अन्धकार मत फैलाना ।

* हे माँ! तेरी सूरत से अलग भगवान की सूरत क्या होगी ।

* तेरा बच्चा, तेरा लाडला तुझे प्यारा लगता है और तेरे माँ–बाप भी तो तेरे प्यार के प्यासे हैं ।

* मकान का नाम रख दिया मातृछाया या पितृछाया, लेकिन उसमें माता–पिता को आदर व सम्मान के साथ रखो ।

* जब छोटा था, तब माँ की शैया गीली करता था, अब बड़ा हुआ, तो माँ की आँखें गीली रखता है । हे पुत्र! तुझे माँ को गीलेपन में रखने की आदत हो गई है ।

* माँ–बाप को सोने से न मढ़ो, तो चलेगा। पर उनका जिगर जले और अन्तर आँसू बहाए, यह कैसे चलेगा?

* डेढ़ किलो की लौकी डेढ़ घण्टे तक उठाने से तुम्हारे हाथ दु:ख जाते हैं । माँ को सताने से पहले इतना तो सोचो कि उसने नौ महीने पेट में कैसे उठाया होगा ।

* भगवान की भक्ति करने से शायद हमें माँ नहीं मिलेगी । लेकिन सच्चे भाव से माँ की भक्ति करने पर हमें भगवान अवश्य मिलेंगे ।

* तुमने जब धरती पर पहला श्वास लिया, तब तुम्हारे माता–पिता तुम्हारे पास थे । माता–पिता जब अन्तिम श्वास लें, तब तुम उनके पास रहना।

* जिस मुन्ने को माँ–बाप ने बोलना सिखाया था, वह मुन्ना बड़ा होकर माँ–बाप को मौन रहना सिखाता है ।

* संसार की दो बड़ी करुणा बिना माँ का घर और घर बिना माँ ।

* चाहे लाख करो तुम पूजा और तीर्थ करो हजार । मगर माता–पिता को ठुकराया तो सब कुछ है बेकार ।

* जिस दिन तुम्हारे कारण माता–पिता की आँखों में आँसू आते हैं, उस दिन तुम्हारा किया हुआ सारा धर्म————उनके आँसू में बह जाता है ।

* पत्नी मनपसन्द मिल सकती है, माँ पुण्य से ही मिलती हैं। पसन्द से मिलने वाली का भी सम्मान करो, किन्तु उसको खुश करने के लिए पुण्य से मिलने वाली माता को मत ठुकराओ ।

सन्तान के सुख में सुखी और सन्तान के दुःख में जो दुःखी हो जाती है————उसका नाम माँ है ।

* घर–दुकान का, पैसों का, कपड़े, गहनों का और अन्त में माता–पिता का भी बँटवारा हो जाता है ।

* त्रिमूर्ति माँ, वह धैर्य की मूर्ति है । वह क्षमा की मूर्ति है । वह करुणा की मूर्ति है ।

* माँ! तूने तीर्थंकारों का जना है, संसार तेरे ही दम से बना है, तू मेरी पूजा है, मन्नत है मेरी, तेरे ही कदमों में जन्नत है मेरी ।

* बचपन में तुझे अँगुली पकड़ कर जो माँ–बाप घुमाते थे, उन माता–पिता को बुढ़ापे के कुछ सालों तक सहारा बन कर घुमाना ।

* मातृभाषा, मातृभूमि व माता–पिता का कोई विकल्प नहीं है ।

* माँ! पहले आँसू आते थे, तब तू याद आती थी । आज तू याद आती है और आँसू आते हैं ।

* मंगलसूत्र बेचकर भी तुम्हें बड़ा करने वाले माँ–बाप को ही घर से निकालने वाले ऐ नौजवान! तुम माँ–बाप को वृद्धाश्रम भेज कर अपने जीवन में अमंगल सूत्र शुरू कर रहे हो ।

* शीतलता पाने के लिए कहाँ भटकता है मानव! जो शीतलता माँ की गोद में है, वह हिमालय में नहीं है ।

* माँ कैसी हो————? इतना ही पूछ, उसे मिल गया सब कुछ ।

* माँ–बाप को वृद्धाश्रम में रखने वाले ऐ नौजवान! तनिक सोच कि उन्होंने तुझे अनाथाश्रम में नहीं रखा, उस भूल की सजा तो नहीं दे रहा है न?

* आज तू जो कुछ है माता–पिता की बदौलत है । इतना तो सोच ।

सरला जी : (भावुक होते हुए) बहुत अच्छा लिखा है।

रूपा : हम लोग इसके पर्चे छपवा कर बाँटेंगे। अगर कोई हमसे पूछता है तो सार्वजनिक रूप से गलती भी स्वीकार करेंगे । यही माँ के लिए असली श्रद्धांजलि होगी । माँ को जो दुःख हमने दिया है, वह तो अब वापस हो नहीं सकता है।

काश! अगर माँ के रहते हुए हमें अपनी गलती का एहसास हो जाता तो ठीक था । तब हम लोग माँ को लाकर उनकी सेवा करते, अपने को शर्मिन्दा महसूस करते तो कितना अच्छा था।

संचालिका जी: खैर————जब जागे तभी सवेरा । कम से कम माँ की आत्मा को तो शान्ति मिल सकेगी ।

रूपा : एक बात और अभी दिमाग में आई है कि पर्चों में छपवा कर हम लोग बाँट भी देंगे तो वह लोग पढ़ेंगे व इधर–उधर हो जाएँगे । अच्छा यह होगा कि हम लोग सूती कपड़े के थैले बनवाएँ और थैले के दोनों तरफ इन बिन्दुओं को छपवा दें ।

सरला जी : वाह————क्या आइडिया है । थैला तो व्यक्ति घर में रखेगा और समय–समय पर देखेगा । दूसरा कागज का अपव्यय होने से भी बचेगा ।

रूपा : प्रभात! अब एक बात और सोच लो कि हमें कितने थैले और कहाँ–कहाँ बाँटने हैं, क्योंकि पहले तो थैले बनने का आर्डर देना होगा फिर उन पर इच्छित सामग्री छपवानी होगी। उसके बाद वितरण कैसे व कहाँ करना है । यह सब भी

सोचना है।

प्रभात : वाह मेरी बहना! वाकई तुम एक बहुत अच्छी प्लानर हो । हम इसे समाज में अधिक से अधिक लोगों को बाँटना चाहेंगे, जिससे अधिक से अधिक लोगों तक संदेश पहुँचे ।

सरला जी : इसके लिए लिए सबसे अच्छा माध्यम विद्यालय और महाविद्यालय हो सकते हैं । एक विद्यालय में औसतन एक हजार बच्चे होते हैं । यदि एक बैग सौ रुपए का भी बना । आपने एक हजार बैग भी बनवाए तो एक हजार बैग एक लाख के हो जाएँगे ।

एक लाख खर्च करने पर भी केवल एक विद्यालय में ही थैले बाँटे जा सकेंगे ।

प्रभात : कोई बात नहीं लोग श्राद्ध करते हैं, बरसी करते हैं । हमारे लिए यही श्राद्ध और बरसी होगी। हम हर साल एक विद्यालय में थैले बाँटेंगे। कम से कम एक हजार परिवारों तक तो सन्देश पहुँचेगा। उन एक हजार परिवारों के माध्यम से अन्य लोगों तक भी ।

संचालिका जी: यह बहुत अच्छा कार्य होगा, इससे समाज में चेतना आएगी ।

रूपा : बहन जी! हम लोग घर जाने के बाद थैले तो छपवाएँगे, आप लोग कुछ अन्य बिन्दु बताना चाहें तो वह इसमें जोड़ दें ।

संचालिका जी: नहीं, यह बिन्दु अपने में पर्याप्त हैं।

प्रभात : हम लोग थैले छपवाने के बाद कुछ थैले आपके पास भी भेजेंगे । आप लोग भी आश्रम में रहने वाली माताओं के बच्चों व अन्य आगन्तुकों को यह थैले दीजिएगा ।

संचालिका जी: बहुत अच्छी बात है । इस पुनीत कार्य में हमारा पूरा सहयोग रहेगा। (उठते हुए) हम लोग चलते हैं ।

(प्रभात, रूपा और सरला जी भी उठ जाते हैं ।)

प्रभात और रूपा: (हाथ जोड़ कर) नमस्ते!

संचालिका जी और सरला जी: (हाथ जोड़ कर) नमस्ते!

पट–परिवर्तन

(दृश्य सोलह)

(अर्जुन का प्रवेश)

भारती जी : आज तू फिर आ गया बेटा!

अर्जुन : हाँ माँ! तुम्हारे बिना मन बड़ा बेचैन रहता है । मैंने ऐसा कुकृत्य किया है कि किस मुँह से कहूँ कि घर वापस चलो ।

भारती जी : चल मैंने तुझे माफ कर दिया । अगर तू यह सब सोचता रहेगा तो परेशान रहेगा । अपना काम भी नहीं कर पाएगा ।

अर्जुन : माँ! तुमने मुझे सचमुच माफ कर दिया ?

भारती जी : बेटा! बच्चे गलती करते हैं । माता–पिता का धर्म है कि उन्हें उनकी गलती का एहसास तो करवा दें किन्तु उन्हें क्षमा कर दें ।

अर्जुन : माँ! यूँ तो तुमने मुझे मेरी हर गलती के लिए सदा क्षमा ही किया है। लेकिन तुम्हें वृद्धाश्रम का रास्ता दिखाना ऐसी गलती है, जिसके लिए कोई क्षमा नहीं है फिर भी यदि क्षमा कर ही दिया है तो अब घर चलो न ।

भारती जी : नहीं, घर नहीं जाना है मुझे । एक बात बताओ, बेटा! तुम इसी कारण तो मुझे यहाँ पर लाए थे न कि मेरे टी. बी. हो गई है व यह छूत की बीमारी है ।

इस कारण यह तुम लोगों को व तुम्हारे बच्चों को भी लग सकती है ।
(अर्जुन ने अपना सिर नीचा कर लिया ।)

भारती जी : अर्जुन! मैं एक बात पूछना चाहती हूँ कि क्या मेरी यह बीमारी यहाँ पर अन्य लोगों को नहीं लग सकती है?
(अर्जुन कुछ न बोला ।)

भारती जी : अर्जुन! चुप मत रहो । मैं तुमसे कुछ पूछ रही हूँ ।

अर्जुन : आप ठीक कह रही हैं ।

भारती जी : पहली बात तो यह है कि अब टी. बी. लाइलाज नहीं है और दूसरी बात है कि उचित सावधानी रखने पर यह बीमारी किसी दूसरे के लगने की सम्भावना नहीं रहती है ।

तुमने देखा होगा कि मेरे बीमार होने के बाद मैं बच्चों को अपने कमरे में नहीं आने देती थी । जब उनका कहानी सुनने का समय होता था, तब मैं स्वयं ही बरामदे में जाकर अपनी कुर्सी पर बैठ जाती थी ।

अर्जुन : हाँ माँ! और आपने अपनी कुर्सी भी अलग कर ली थी, उस पर किसी को बैठने नहीं देती थीं । बच्चों को समझाने के लिए आप कहती थीं,'मैं घर में सबसे बड़ी हूँ । इसलिए मेरी कुर्सी पर कोई नहीं बैठता ।'

भारती जी : ठीक कह रहे हो! तुमने यह भी देखा होगा कि मैं अपने कपड़े भी वाशिंग मशीन में न धुलवा कर या तो खुद धोती थी या काम वाली से धुलवाती थी । कारण यह था कि मेरे कपड़ों से भी किसी को इन्फेक्शन न लग जाए। इसके अलावा मैंने अपने खाने के बर्तन भी अलग कर लिए थे ।
(अर्जुन माँ के पैर पकड़ कर बैठ गया)

अर्जुन : अब बस भी करो माँ! मैं बहुत शर्मिन्दा हूँ, घर चलो ।

भारती जी : अब जाओ बेटा! घर में बच्चे इन्तजार कर रहे होंगे । बस एक बात कहना चाहती हूँ कि वृद्धाश्रमों में बुजुर्गों को रखने की यह परम्परा चल रही है, यह ठीक नहीं है।

मुझे आश्चर्य होता है कि बुजुर्गों की बीमारी के कारण वृद्धाश्रम में भेजने वाले लोग यह नहीं सोचते हैं कि जिस घर परिवार के लिए उस बुजुर्ग ने जीवन भर किया, क्या इसका वह पुरस्कार दे रहे हैं ।————

अर्जुन : बस करो माँ! मैं बहुत शर्मिन्दा हूँ।

भारती जी : सुनो————अभी मेरी बात पूरी नहीं हुई है । बात यह है कि वृद्धाश्रम में जो लोग बीमार वृद्धों को आश्रय दे रहे हैं या उनकी सेवा कर रहे हैं, वह लोग भी यदि इसी प्रकार की मानसिकता रखें, तब वह वृद्ध लोग कहाँ जाएँगे?

धन्य हैं वृद्धाश्रम चलाने वाले तथा वहाँ के कर्मचारीगण जो अपना कोई सम्बन्ध न होते हुए भी निराश्रित वृद्धों को शरण भी देते हैं । उनकी सेवा भी करते हैं ।

(भारती जी कहते–कहते हाँफ जाती हैं व पलंग के सिरहाने का सहारा लेकर आँखें बन्द करके बैठ जाती हैं ।)

(थोड़ी देर सन्नाटा छाया रहता है ।)

भारती जी : अब तुम जाओ । मैं भोजन करने जा रही हूँ ।

(अर्जुन चला जाता है ।)

पट–परिवर्तन

(दृश्य सत्रह)

(पुस्तकालय का दृश्य है ।)

भारती जी : नमस्ते! बैठिए, अखबार पढ़िए ।

रामादेवी जी : आपने अच्छा किया जो पुस्तकालय सम्भाल लिया । अब सन्तोष बहन जी का स्वास्थ्य तो ठीक रहता नहीं है । मुझे यहाँ पर आए हुए लगभग दस वर्ष हो गए । तबसे देख रही हूँ कि सन्तोष बहन जी ही पुस्तकालय का कार्य कर रही थीं ।

भारती जी : हाँ! उन्होंने तो वैसे भी जीवन भर पुस्तकालयाध्यक्ष का ही कार्य किया है । मैं तो अभी सीख रही हूँ । यह अच्छा है कि यहाँ पर अच्छा समय व्यतीत हो जाता है ।

रामादेवी जी : आपके कितने बच्चे हैं?

भारती जी : एक लड़का है । बैंक में मैनेजर है । उसके भी दो बच्चे हैं ।

रामादेवी जी : आपके यहाँ आने का कारण?

भारती जी : यह तो लम्बा विषय है । फिर बातें करेंगे ।

(कुछ माताएँ भी पुस्तकालय में आ जाती हैं ।)

रामादेवी जी : अच्छा तो चलती हूँ बहन जी! दोपहर में आपके कमरे में आऊँगी, क्योंकि शाम को तो आप लाइब्रेरी में बैठेंगी ।

भारती जी : बहन जी अखबार तो पढ़ लीजिए।

(रामादेवी जी ने हाथ के इशारे से मना कर दिया व वह स्वयं बाहर चली गईं ।)

(दोपहर में भारती जी सो रही थीं । रामादेवी जी ने उनके कमरे का दरवाजा खटखटाया ।)

रामादेवी जी : अरे आप सो रही थीं, मैंने आपको डिस्टर्ब किया ।

भारती जी : कोई बात नहीं, आप बैठिए ।

रामादेवी जी : असल में आप सुबह से लेकर रात के भोजन के समय तक तो व्यस्त रहती हैं । आपसे मिलना हो तो दोपहर का समय ही मिलता है । यह बताइए कि आपके यहाँ पर आने का कारण क्या है?

भारती जी : अरे छोड़िए बहन जी! कारण चाहे कुछ भी हो, लेकिन मुझे यहाँ पर अच्छा लग रहा है ।

रामादेवी जी : शुरू–शुरू मे तो व्यक्ति निराश होकर यहाँ पर आता है किन्तु जब वह आ जाता है तब उसे यहाँ पर अच्छा लगने ही लगता है । देखा नहीं है आपने कि यहाँ पर लोग कितना सामान बाँटने आते हैं । खाने–पीने से लेकर कपड़े तक ।

बिस्किट–नमकीन आदि सूखी चीजें हम अपने घर भेज देते हैं । मेरे साथ ही मेरे बच्चों के नाश्ते का इन्तजाम भी यहीं से हो जाता है ।

भारती जी : क्या आश्रम में बँटने वाले सामान को आप अपने घर भेजती हैं, तो आश्रम वालों को कोई आपत्ति नहीं होती है ।

रामादेवी जी : आपत्ति क्यों होगी? जो चीज हमें मिल गई, वह हम चाहे जो करें । सर्दियों में एक–एक माता को कई–कई कम्बल, शाल, स्वेटर आदि मिल जाते हैं । चादरें, धोतियाँ, सलवार–सूट का कपड़ा आदि । यहाँ तक कि तेल, साबुन मंजन आदि भी इतना मिल जाता है कि एक माता तो उपयोग कर नहीं सकती ।

भारती जी : ठीक कह रही हैं आप । लेकिन जिस माता को जरूरत न हो, उन्हें लेना ही नहीं चाहिए । दानदाताओं को क्या पता कि माताओं के पास यह सब चीजें हैं । वह तो अपनी समझ से आवश्यकता की चीजें ही देते हैं ।

रामादेवी जी : हमें क्या करना है दिमागपच्ची करके। लोगों के पास है, इसलिए दे रहे हैं, जिनके पास नहीं होगा वह कहाँ से देंगे।

भारती जी : ऐसी बात नहीं है। लोग दान की भावना से देते हैं। हमें उन्हें आशीर्वाद देना चाहिए। आपके घर में कौन–कौन हैं?

रामादेवी जी : मेरे घर में मेरे दो बेटे हैं, बहुएँ व बच्चे हैं। सब अच्छा कमा–खा रहे हैं। एक की किराने की दुकान है, दूसरा सिलाई खुद भी करता है और अपनी दुकान में दो दर्जी भी बैठा रखे हैं।

भारती जी : इसके मतलब काम अच्छा चलता होगा। आपके पति क्या करते थे?

रामादेवी जी : मेरे पति की ही किराने की दुकान है। उनके साथ ही वह बेटा बैठता था, जो अब किराने की दुकान चलाता है। क्या कमी है, भगवान का दिया सब कुछ है।

भारती जी : मकान भी अपना ही होगा?

रामादेवी जी : हाँ, तीन मन्जिला मकान है। उसी में दोनों बेटे रहते हैं।

रामादेवी जी : तब आप–––––?

भारती जी : मैं समझ रही हूँ। आप यह पूछना चाह रही होंगी कि जब घर में सब कुछ है तो आप यहाँ पर क्यों हैं?

बात दरअसल यह है कि मेरी जानने वाली एक बहन यहाँ पर रहती थीं। वह जब भी अपने घर आतीं या उनके घर वाले उनसे मिलनेजाते थे, तब वह बहुत सा सामान अपने घर पर भेजती थीं।

रहने–खाने का वैसे भी यहाँ पर कोई खर्च नहीं है। तब मैंने भी सोचा कि मैं भी यहाँ पर आकर रहूँ।

(भारती जी सन्न रह गईं।)

(नेपथ्य से आवाज आती है)

(भारती जी सोचने लगीं कि अपना घर–परिवार, पोता–पोती सब कुछ छोड़कर यह केवल इसलिए यहाँ पर आई हैं कि इन्हें दान मिल रहा है। दान तो लोग बेसहारा समझ कर देते हैं।)

रामादेवी जी : बहन! किस सोच में पड़ गईं। धीरे–धीरे आप भी ढर्रे पर आ जाओगी। अच्छा मैं चलूँ। अब आप भी थोड़ा आराम कर लो।

(रामादेवी जी चली गईं।)

पट–परिवर्तन

(दृश्य अठारह)

(अर्जुन के घर का दृश्य है ।)

(अर्जुन का घर में प्रवेश । चेहरे पर उदासी है । बच्चे उससे लिपट गए ।)

ज्ञान : पापा! आज भी दादी के पास गए थे क्या?

अर्जुन : हाँ बेटा! गया था, अभी वह कुछ दिन वहीं पर रहेंगी ।

अंकिता : क्यों पापा!

विमला : अभी पापा थके हुए आए हैं । उन्हें आराम करने दो ।

(बच्चे चले जाते हैं ।)

(अर्जुन कपड़े बदल कर आता है व विमला के पास बैठ जाता है ।)

अर्जुन : माँ ने हमें माफ तो कर दिया है ।

विमला : तुम सही कह रहे हो । माँ जी सदा हमसे अधिक इस बात का ध्यान रखती थीं कि उनकी वजह से किसी को कोई तकलीफ न हो । यह सत्य है कि वह अपनी बीमारी के बाद सभी से दूरी बना कर रखती थीं।

गलती तो हमसे हुई है । अब इसका प्रायश्चित कैसे किया जाए? माँ जी को मना कर घर कैसे वापस लाया जाए?

अर्जुन : एक ही तरीका है । धीरे–धीरे मैं उन्हें मनाऊँगा । फिर उनके कुछ सामान्य होने पर तुम चल कर उनसे माफी माँग लेना, शायद वह मान जाएँ।

विमला : बिल्कुल ठीक कह रहे हो । जानते हो आज ज्ञान कह रहा था कि उसकी कक्षा के किसी बच्चे ने बताया कि उसकी दादी को वृद्धाश्रम भेज दिया गया है।

वह यह भी पूछ रहा था कि वृद्धाश्रम वही जगह होती है न जहाँ पर बूढ़े लोग रहते हैं ।

मेरे द्वारा हामी भरने पर उसने कहा, कितने गन्दे लोग होते हैं, जो अपने माता–पिता को बुढ़ापे में वृद्धाश्रम भेज देते हैं ।

अर्जुन : यह सुनकर अंकिता क्या बोली?

विमला : अंकिता ने कहा, माता–पिता बच्चों के लिए कितना करते हैं । उन्हीं माता–पिता को पता नहीं कैसे ऐसी जगह छोड़ देते हैं । माता–पिता के साथ रह कर उनकी सेवा करनी चाहिए ।

अर्जुन : सोचो! अगर बच्चों को पता चलेगा कि हमने भी ऐसा ही किया है तो उनके मन पर क्या बीतेगी । उनके मन में हमारे प्रति क्या सम्मान रह जाएगा । मैं आज तुमसे एक बात पूछना चाहता हूँ सच–सच बताना ।

विमला : पूछो ।

अर्जुन : आज तुमने स्वयं स्वीकार किया कि माँ बीमारी के बाद हम लोगों से दूरी बना कर रखती थीं । इसके पहले तुम कई बार मुझसे स्वयं कह चुकी हो कि

बच्चे उनसे चिपक–चिपक कर कहानी सुनते थे । हालांकि उनकी बीमारी के बाद मैंने उनको सदा बच्चों से दूर से ही बात करते हुए देखा किन्तु मैं तो हर समय घर पर रहता नहीं हूँ, इसलिए मैंने तुम्हारी बात को सच समझ लिया था ।

विमला : (नीची नजरें करके) मैंने गलत कहा था ।

पट–परिवर्तन

(दृश्य उन्नीस)

(वृद्धाश्रम में भारती जी के कमरे का दृश्य है ।)

(अर्जुन का प्रवेश)

भारती जी : बेटा तू बड़ा कमजोर हो गया है । अपने खाने–पीने का ध्यान रखा कर ।

अर्जुन : माँ तो यहाँ पर है । कौन ध्यान रखेगा । माँ ही तो होती है कि बच्चे को कान पकड़ कर भी खिला सकती हैं ।

(कहते–कहते अर्जुन फूट–फूट कर रो पड़ा ।)

(भारती जी की आँखों से भी आँसू बहने लगे । उन्होंने अर्जुन के आँसू पोछे ।)

अर्जुन : माँ! अब तो विमला भी अपनी गलती का एहसास कर रही है । उसे भी क्षमा कर दो ।

भारती जी : बेटा! मैं समझ रही हूँ । बच्चों के सामने भी तुम लोगों की विचित्र स्थिति हो गयी है। मैं कोई रास्ता सोचती हूँ । वैसे यहाँ पर सब सुख–सुविधाएँ हैं । समय पर नाश्ता, भोजन आदि की व्यवस्था है । यदि कोई बीमार होता है और डॉक्टर उसके लिए कोई विशेष चीज बताते हैं, तब वह भी उसके लिए बना दी जाती है ।

यहाँ पर एक पुस्तकालय भी है । अभी तक जो पुस्तकालय का कार्य सम्भालती रही हैं । वह इस समय काफी बीमार हैं । अब मैंने पुस्तकालय का कार्य सम्भाल लिया है, वह भी थोड़ी देर के लिए आती हैं और मुझे कार्यभार सम्भालना सिखा रही हैं ।

मैं सोच रही हँ कि मैं बीच–बीच में घर भी जाती रहूँगी व यहाँ भी रहूँगी ।

अर्जुन : लेकिन माँ––––––––––––

भारती जी : सुनो! मेरी पूरी बात सुनो । अभी मेरी बात पूरी नहीं हुई है । मैं समझ रही हूँ, विमला की असली परेशानी है कि वह बच्चों को क्या जवाब देगी।

(अर्जुन की नजरें नीची हो जाती हैं ।)

अर्जुन : हम लोगों ने बिना सोचे–समझे निर्णय ले लिया और आपको घुमाने के बहाने वृद्धाश्रम दिखाने के लिए ले आया ।

भारती जी : अर्जुन! अगर तुम लोगों के मन में कुछ ऐसा था भी तो पहले घर पर इस विषय पर चर्चा कर लेते । एकदम से घुमाने के बहाने वृद्धाश्रम का रास्ता दिखा देना उचित था क्या?

अर्जुन : माँ! मैं आपको वृद्धाश्रम दिखाने के लिए लाया था । एकदम से छोड़ने के लिए नहीं । आपको दिखाने के बाद घर वापस आकर चर्चा भी करते ।-----फिर भी ऐसा सोच कर ही हमने गलती तो बहुत बड़ी की है । अब हमें माफ कर दो ।

भारती जी : घर जाने का क्या रास्ता निकाला जाए कि बच्चों के सामने तुम लोगों की इज्जत भी बच जाए । इस विषय पर सोचूँगी ।

अर्जुन : सोचना क्या है । बच्चों से तो पहले ही कहा था कि दादी तीर्थयात्रा पर गई हैं । जिनके साथ वह तीर्थयात्रा पर गई थीं, अब वह कुछ दिन के लिए उन्हीं के यहाँ पर रुकी हुई हैं ।

भारती जी : अर्जुन! मैं हमेशा के लिए तुम्हारे साथ नहीं जा रही हूँ । जैसे तुम यहाँ पर आते हो, वैसे ही मैं भी घर जाकर तुम लोगों से मिल कर चली आऊँगी । ऐसी स्थिति में बच्चों के मन में यह स्वाभाविक प्रश्न उठेगा कि दादी अब कहाँ जा रही हैं ।

(अर्जुन की नजरें नीची हो गईं ।)

अर्जुन : अच्छा माँ! मैं चलता हूँ । कल जब मैं आऊँगा, तब तुम मेरे साथ घर चलना ।

(अर्जुन चला गया।)

(भारती जी ने पानी पिया, फिर लेट गईं।)

(नेपथ्य से आवाज आती है।)

(भारती जी सोचने लगीं कि उनका घर जाना तो जरूरी है। मुख्य कारण यह है कि बच्चों ने भले ही कुछ गलती की हो किन्तु अर्जुन और विमला जब लगातार अपनी गलती मान रहे हैं, तब उन्हें माफ कर देना चाहिए।

दूसरा कारण है कि उनके पोता-पोती के मन में अपने माता-पिता के प्रति कोई गलत भावना घर न कर जाए।

तीसरा कारण है कि बच्चों से मिलते-जुलते रहने से उनके मन में भी शान्ति बनी रहेगी। उन्होंने दूसरे दिन अर्जुन के साथ घर जाने का मन बना लिया। सोचते-सोचते भारती जी सो जाती हैं।)

पट-परिवर्तन

(दृश्य बीस)

(भारती जी के कंधे पर पर्स लटका है। वृद्धाश्रम के कार्यालय का दृश्य है।)

भारती जी : (संचालिका जी से) बहनजी! मैं आज अपने बेटे के साथ एक दिन के लिए घर जाना चाहती हूँ। इसके लिए क्या नियम है?

संचालिका जी: गेट पर गार्ड के पास एक रजिस्टर रहता है। उसमें जाने की तारीख व समय डाल दें व आने का संभावित समय व दिन लिख दें। कहाँ पर जा रही हैं, यह भी लिख दें। अच्छी बात है कि आप बेटे के पास जा रही हैं।

(भारती जी सन्तोष माता जी के कमरे में जाती हैं।)

(सन्तोष माता जी लेटी हुई हैं।)

भारती जी : (पुस्तकालय की चाभी देते हुए) बहन जी! आज मैं अपने बेटे के साथ घर जा रही हूँ। कल हो सकता है कि आने में देर हो जाए, इसलिए पुस्तकालय की चाभी आपको दे जा रही हूँ।

सन्तोष बहन जी: बहुत अच्छी बात है। घर से अच्छी खबर लाइएगा।

भारती जी : बहनजी! आपसे सीखने को बहुत कुछ मिला। आप आराम करिए, मैं चलती हूँ, बेटा आने वाला होगा।

(भारती जी सन्तोष बहनजी के कमरे से बाहर आती हैं।)

(सामने अर्जुन आता हुआ दिखाई देता है।)

भारती जी : चल बेटा! तेरे साथ घर चलती हूँ, आज वहीं पर रूकूँगी।

अर्जुन : (प्रसन्नता से) कुछ ले चलना है।

भारती जी : (हँसते हुए) अरे मेरे जैसा इतना बड़ा सामान तो ले चल रहे हो। अन्य सामान की क्या जरूरत है। घर पर मेरे कपड़े आदि तो हैं ही। मेरा पर्स तो मेरे पास ही है।

अर्जुन : कमरे में ताला लगा दिया है?

भारती जी : नहीं अभी नहीं लगाया है, चलो लगा दूँ।

(दोनों लोग कमरे में जाते हैं। अर्जुन बैठ जाता है। भारती जी भी बैठ जाती हैं।)

अर्जुन : माँ! आप आज रुकोगी, कल फिर चली आओगी। बच्चों से क्या कहना है?

भारती जी : तू बता क्या कहूँ?

अर्जुन : आपने भी तो कुछ सोचा होगा?

भारती जी : हाँ, मैंने तो सोचा है कि बच्चों से कहूँगी कि जब तीर्थयात्रा पर गए थे, तब आपसी बातचीत के दौरान पता चला कि यहाँ पर एक वृद्धाश्रम है, वहाँ पर बहुत सी माताएँ रहती हैं। वहाँ पर पुस्तकालय सम्भालने के लिए किसी की आवश्यकता है। इसलिए मैं वहाँ पर चली गई।

वहाँ पर कई अन्य माताएँ भी रहती हैं। मन भी लगा रहेगा।

अर्जुन : (खुश होते हुए) अरे वाह————आखिर माँ किसकी है।

(दोनों लोग कमरे से बाहर आते हैं। भारती जी कमरे में ताला लगाती हैं। दोनों लोग बातें करते हुए चलते हैं।)

भारती जी : रास्ते से मिठाई ले लेना।

अर्जुन : क्यों?

भारती जी : अरे इतने दिन बाद जा रही हूँ। बच्चे क्या कहेंगे कि दादी खाली हाथ आ गईं।

(भारती जी पहले गेट पर जाकर रजिस्टर में आने–जाने का समय व सम्बन्धित जानकारी भरती हैं, फिर दोनों लोग जाते हैं।)

पट–परिवर्तन

(दृश्य इक्कीस)

(अर्जुन के घर का दृश्य है।)

अर्जुन : अरे अंकिता, ज्ञान! आओ देखो कौन आया है।

बच्चे : (बच्चे दौड़ कर आते हैं व दादी को देखकर खुशी से चिल्लाते हैं।) अरे दादी!

(बच्चे दादी से लिपट जाते हैं।)

(भारती जी और अर्जुन की आँखों में आँसू आ जाते हैं।)

विमला : (माँ के पैर छूती है।) माँ जी! हमें माफ कर दीजिए।

भारती जी : (भारती जी विमला के सिर पर हाथ फेरती हैं।) खुश रहो, सदा सुखी रहो।

अर्जुन : विमला! मैं अभी कपड़े बदल कर आया। तब तक तुम खाना लगा दो।

विमला : अच्छा!

(कह कर विमला रसोई में चली जाती है।)

(भारती जी बैठ जाती हैं।)

ज्ञान : दादी! आप कहाँ–कहाँ पर घूम कर आई हो?

भारती जी : बस पास में ही एक दिन के लिए अयोध्या तक गई थी।

अंकिता : दादी! हमें क्यों नहीं ले गई थीं?

भारती जी : अरे, बेटा एकदम से चली गई थी। तुम्हारे स्कूल खुले हुए थे। अन्य लोग भी जा रहे थे। अबकी बार जब जाऊँगी, तब तुम्हारी छुट्टियों में जाऊँगी, तब तुम्हें भी अपने साथ ले जाऊँगी।

ज्ञान : दादी! हमारे लिए क्या लाई हैं?

(भारती जी पर्स से मिठाई का डिब्बा निकालती हैं।)

ज्ञान और अंकिता: (एक साथ चिल्लाते हुए) अरे वाह मिठाई।

भारती जी : हाँ! लेकिन पहले भोजन करो, उसके बाद मिठाई खाना।

ज्ञान : क्यों?

भारती जी : इसलिए कि पेट तो भोजन से ही भरना चाहिए, मिठाई से नहीं। मिठाई तो केवल स्वाद के लिए खाई जाती है।

(विमला ने मेज पर खाना लगा दिया था। अर्जुन भी कपड़े बदल कर आ गया था। भारती जी हाथ धोने के लिए उठती हैं।)

भारती जी : (बच्चों से) तुम लोग भी हाथ धो लो। पहले खाना खा लेते हैं, फिर बातें करेंगे।

(बच्चे उठ कर हाथ धोते हैं ।)

(सब लोग खाना खाते हैं।

(भोजन करने के बाद भारती जी मिठाई का डिब्बा खोलती हैं। सब लोग मिठाई खाते हैं।)

ज्ञान : दादी! मिठाई के डिब्बे पर तो यहीं का पता लिखा है। अयोध्या से आप हमारे लिए कोई खिलौना वगैरह नहीं लाइं।

भारती जी : खिलौने तो मैं लाई थी किन्तु अयोध्या से आने के बाद जिनके यहाँ रुकी थी, उनके यहाँ भी तुम्हारे जैसे ही प्यारे–प्यारे बच्चे थे। इसलिए उनको खिलौने दे दिए। तुम्हारे लिए खिलौने फिर ले आऊँगी।

अंकिता : ठीक है दादी! अच्छा किया जो उन बच्चों को खिलौने दे दिए। हम लोगों को तो सदा आप चीजें दिलाती ही रहती हैं। वैसे भी आप कह रही थीं न कि इस बार आप हमारी छुट्टियों में चलेंगी व हमें भी साथ ले चलेंगी । तब तो खूब मजा आएगा।

भारती जी : (अंकिता का गाल थपथपाते हुए) बड़ी समझदार बिटिया है।

(सब लोग उठकर हाथ धोते हैं व कुल्ला करते हैं। फिर सब लोग आकर बरामदे में बैठ जाते हैं।)

ज्ञान : दादी! परसों हमारे विद्यालय का वार्षिकोत्सव है। आप भी चलिएगा। एक नाटक में मैंने भी भाग लिया है।

भारती जी : बच्चो! मैं तुम लोगों से एक बात बताना चाह रही थी। पूरी बात सुन लेना, बीच में मत बोलना। तुम लोग स्कूल चले जाते थे, तुम्हारे पापा ऑफिस और तुम्हारी माँ दिन भर काम में लगी रहती थीं। इसलिए मेरा दिन काटना मुश्किल हो जाता था।

इसलिए मैं अयोध्या से आने के बाद कुछ दिन तो उनके यहाँ पर रुकी, जिनके साथ गई थी। उनके यहाँ कथा व कीर्तन का आयोजन था। उसके बाद इसी शहर में एक वृद्धाश्रम है, वहाँ पर———

ज्ञान और अंकिता :(एक साथ उठ कर खड़े हो जाते हैं व आक्रोश से बोलते हैं ।) वृद्धाश्रम में!

भारती जी : बैठ जाओ बच्चो! बताती हूँ, सब बताती हूँ। मैंने कहा था न कि बीच में मत बोलना, पहले पूरी बात सुन लो।

ज्ञान : लेकिन आपको वृद्धाश्रम में रहने की क्या जरूरत है। वृद्धाश्रम में तो वह लोग रहते हैं, जिनका कोई नहीं होता है। हम सब लोगों के होते हुए भी आप वृद्धाश्रम में क्यों रहेंगी?

(अर्जुन और विमला की नजरें नीची हो जाती हैं ।)

भारती जी : प्यारे बच्चो! मेरी बात सुन लो, फिर तुम जो कहोगे, वही करूँगी। बीच में मत बोलना, उसके बाद तुम्हारी भी पूरी बात सुनूँगी। तब मैं भी बीच में नहीं बोलूँगी।

अंकिता : (खड़े होकर नाटकीय तरीके से सिर झुका कर बोलती है) जो आज्ञा दादी जी! आपका वक्तव्य सुनने के लिए हम लोग हाजिर हैं, बीच में नहीं बोलेंगे।

(सब हँसने लगते हैं ।)

भारती जी : (हँसते हुए) हाँ तो मैं कह रही थी कि इसी शहर में एक वृद्धाश्रम है, वहाँ पर मेरी उम्र की बहुत सी औरतें रहती हैं। सबका भोजन भी एक रसोई में बनता है। सब लोग वहीं पर बैठ कर एक साथ खाते हैं। आश्रम के अन्दर पार्क भी है, पुस्तकालय भी।

पार्क में सब लोग टहलते हैं व पुस्तकालय में जाकर अखबार पढ़ते हैं व अन्य किताबें भी पढ़ते हैं। बहुत सी पुस्तकें हैं। मैं आजकल वहीं पर रह रही हूँ। वहाँ पर मुझे एक कमरा मिला हुआ है। कमरे के अन्दर ही शौचालय व स्नानगृह भी है व एक छोटा सा रसोईघर भी है। अपने कमरे में हम अपनी इच्छा से कुछ बना भी सकते हैं।

आगे असली बात सुनो, तुम लोगों को पता ही है कि मुझे किताबें पढ़ना बहुत पसन्द है। आश्रम में जो माता जी पुस्तकालय सम्भाल रही थीं, वह आजकल बीमार हो गई हैं। इसलिए मैं आजकल पुस्तकालय सम्भाल रही हूँ।

मुझे वहाँ पर अच्छा लग रहा है। बीच–बीच में तुम लोगों से मिलने आती रहूँगी। तुम लोग भी छुट्टी वाले दिन आना।

ज्ञान : दादी जी! अब हम लोग बोलें?

भारती जी : हाँ बोलो बेटा! बोलो।

ज्ञान : दादी! आपको दुनिया में सबसे प्यारा कौन लगता है?

भारती जी : यह भी कोई पूछने की बात है। तुम लोग सबसे प्यारे लगते हो।

अंकिता : तब आप हम प्यारे–प्यारे लोगों को छोड़कर वृद्धाश्रम में रहेंगी। हमें कहानियाँ कौन सुनाएगा? माता–पिता की शिकायतें हम किससे करेंगे? उन्हें डाँटेगा कौन? बताइए दादी! बताइए।

भारती जी : (भरे गले से बोलीं) मैं सप्ताह में एक दिन तुम्हारे पास आया करूँगी, तब कहानियाँ भी सुन लेना व माता–पिता की शिकायतें भी कर लेना ।

अब सो जाओ, रात हो गई है। तुम्हें सुबह स्कूल भी जाना होगा।

ज्ञान : सो तो हम जाते हैं किन्तु आप वृद्धाश्रम वापस मत जाइएगा।

भारती जी : अच्छा।

(दोनों बच्चे सोने चले जाते हैं व भारती जी अपने कमरे में जा कर लेट जाती हैं।)

विमला : (अर्जुन से) माता जी ने बच्चों के सामने हमें शर्मिन्दा नहीं किया। वृद्धाश्रम में रहने का कारण अपने ऊपर ले लिया। ऐसी आदर्श माता के बारे में वृद्धाश्रम में भेजने की कल्पना भी हमारे लिए पाप का कारण है। मैं तो शर्म से गड़ी जा रही हूँ।

अर्जुन : अच्छी बात है कि तुम्हें व मुझे अपनी गलती का एहसास हुआ। अब चलो, चलकर माँ से माफी माँग लें।

विमला : चलो।

(दोनों माँ के कमरे में जाकर वहाँ पर पड़ी कुर्सियों पर बैठ जाते हैं।)

(भारती जी उठ कर बैठ जाती हैं।)

भारती जी : बोलो!

विमला : माताजी! मैं बहुत शर्मिन्दा हूँ। मुझे माफ कर दीजिए।

भारती जी : माता–पिता के मन से सदा बच्चों के लिए आशीर्वाद ही निकलता है। माफ तो तुम्हें कर ही दिया है अन्यथा मैं यहाँ पर क्यों आती।

विमला : माताजी! अब आप यहीं पर रहिए, यहाँ से मत जाइए।

भारती जी : (गम्भीर शब्दों में) अभी समय नहीं आया है। अभी तो इतना ही काफी है कि मैं बीच–बीच में यहाँ पर आती रहूँगी। तुम्हारा मन हो तो तुम भी मुझसे मिलने आ सकती हो।

(कुछ देर सन्नाटा छाया रहता है।)

भारती जी : जाओ, अब तुम लोग जाकर सो जाओ। मुझे भी कल सुबह अर्जुन के साथ निकलना है।

सुबह उठकर अपना कुछ आवश्यक सामान देखूँगी, सोच रही हूँ अपने साथ ले जाऊँ।

(कहकर भारती जी ने करवट बदल ली।)

(अर्जुन और विमला अपने कमरे में चले जाते हैं।)

पट–परिवर्तन

(दृश्य बाइस)

(आश्रम में पुस्तकालय का दृश्य है। एक बुक शेल्फ रखी है। एक मेज और कुछ कुर्सियाँ पड़ी हैं। दो माताएँ बैठी अखबार पढ़ रही हैं। पुस्तकालयाध्यक्ष सन्तोष माता जी बैठी थीं।)

सन्तोष माता जी: (भारती जी को देखकर) आइए, अच्छा हुआ आप आ गईं। घर में सब ठीक है?

भारती जी : जी हाँ सब ठीक है।

सन्तोष माता जी: अच्छा तो मैं अब चलूँ। अधिक देर तक बैठा नहीं जाता है।

भारती जी : जी हाँ, अब आप आराम करिए।

(सन्तोष माता जी चली जाती हैं। कुछ देर बाद सरला जी आती हैं।)

सरला जी : कहिए पुस्तकालयाध्यक्षा जी! क्या हाल है? हम अखबार पढ़ लें।

(भारती जी हँसने लगती हैं।)

सरला जी : भारती! तुम कल घर गई थीं, कब लौटीं?

भारती जी : आज अर्जुन ने ऑफिस जाते समय मुझे यहाँ पर छोड़ दिया। मैं अपना कुछ सामान भी ले आई हूँ।

सरला जी : अच्छा किया तुमने, और घर के हाल सुनाओ।

भारती जी : घर के सब हाल बढ़िया हैं। विमला अपनी गलती महसूस कर रही थी। वह मुझे यहाँ वापस लौटने से मना कर रही थी।

सरला जी : और बच्चे–––

(कोई अन्य माता भी पुस्तकालय में आ जाती हैं।)

भारती जी : बाकी बातें फिर करेंगे, अभी तो अखबार पढ़ो।

(सरला जी अखबार पढ़ने लगती हैं। कुछ देर बाद दूसरी माताजी चली जाती हैं।)

सरला जी : भारती! आज मैं तुम्हें एक बिना माँगी सलाह दे रही हूँ। जब मैंने तुमसे कहा था कि अपने बैंक के कागज, कपड़े व किताबें आदि मँगवा लो, तब

तुमने अर्जुन को फोन करके केवल अपने कागज आदि ही मँगवाये थे, कपड़े व किताबों को लाने के लिए नहीं कहा था, तब अनायास ही मेरे मुँह से निकला था कि भारती, तुमने अच्छा किया कि कपड़ों व किताबों के लिए नहीं कहा।

भारती जी : हाँ सरला!

सरला जी : कारण यह था कि मैं चाहती थी कि तुम एक दिन पुन:अपने घर वापस चली जाओ।————

भारती जी : लेकिन————

सरला जी : भारती! अभी मेरी बात पूरी नहीं हुई है। पहले पूरी बात सुन लो, फिर जो कहना हो कहना।

भारती जी : बोलो सरला!

सरला जी : हाँ तो तुम्हें घर वापस भेजने के लिए कहने के कई कारण हैं। एक तो घर–घर ही होता है। यहाँ पर चाहे जितनी भी सुविधाएँ मिल जाएँ, अपनत्व की एक टीस सदा उठती रहती है।

भारती जी : ठीक कहती हो।

सरला जी : दूसरा तुम घर गईं तो अर्जुन, विमला और बच्चों सभी ने स्वागत किया। अर्जुन के साथ ही साथ विमला को भी अपनी गलती का एहसास हुआ।

भारती जी : सही कह रही हो। मेरे पोता–पोती तो आने ही नहीं दे रहे थे।

सरला जी : एक बात और कहना चाहती हूँ। घर तो अवश्य जाओ किन्तु अब जैसे–जैसे तुम्हारे सावधि जमा यानि एफ. डी. परिपक्व होते जाएँ, उनको अकेले अपने नाम जमा करो तथा उनका नामांकन अर्जुन के नाम करो। हाँ इतना अवश्य है कि अपनी अलमारी के लॉकर की चाभी अपने पास ही रखो।

अर्जुन तो तुम्हारे पास आता ही रहता है न। वह तुमसे कहता भी है कि माँ! घर चलो। अबकी बार जब वह आए व घर चलने के लिए कहे तो मना मत करना।

भारती जी : (मुस्कराते हुए दोनों हाथ जोड़कर सिर झुका कर) जो आज्ञा गुरूदेव!

(सरला जी खिलखिला कर हँस पड़ीं।)

पट–परिवर्तन

(दृश्य तेइस)

(भारती जी अपने कमरे में कपड़े तह कर रही हैं।)

(संचालिका जी व सरला जी का प्रवेश।)

भारती जी : (मुस्कराते हुए दोनों हाथ जोड़कर) आइए, बैठिए।

दोनों : नमस्ते! बैठ जाती हैं।

• 55 •

संचालिका जी: (आवाज देते हुए) अरे भाई, अन्दर आ जाओ तुम लोग।

(अर्जुन, विमला, अंकिता और ज्ञान का प्रवेश)

(अन्दर आते ही अंकिता और ज्ञान भारती जी से लिपट जाते हैं।)

ज्ञान : दादी! हम लोग आपके साथ ही रहेंगे।

अंकिता : दादी! या तो आप हमारे साथ घर चलिए या हम लोग आपके साथ रहेंगे।

(भारती जी आँख उठा कर विमला की तरफ देखती हैं।)

विमला : (कान पकड़ते हुए) माता जी! हमें क्षमा कर दीजिए।

(नेपथ्य से आवाज आती है।)

और———— सबके आग्रह पर भारती जी ससम्मान घर वापस चली जाती हैं।

* * *